U.G. Owski

Erzählungen

Die Deutsche Nationalbibliothek verzeichnet diese
Publikation in der Deutschen Nationalbibliografie;
detaillierte bibliografische Daten sind im Internet über
http://dnb.dnb.de abrufbar.

TWENTYSIX
Eine Marke der Books on Demand GmbH

Herstellung und Verlag:
BoD – Books on Demand, Norderstedt

ISBN: 9783740707828

Inhaltsverzeichnis

Vorwort

Ab und zu überkam es mich und ich brachte ein paar Geschichten zu Papier. Was erst einmal nur für meine Kinder gedacht war, denen ich die Aufzeichnungen 2018 übergab, reifte später zum Entschluss es noch ein paar anderen Leuten zum Lesen zugeben. Auf Grund der Resonanz habe ich mich jetzt entschlossen, diesen kleinen Erzählband zu veröffentlichen. Kleine, manchmal skurrile Alltagsgeschichten aus der DDR, in der ich bis 1990 lebte.

Berlin, 2022

Jörg Ugowski

Was wissen die Eltern von ihren Kindern? Wenig!
Was wissen die Kinder aus dem Leben ihrer Eltern? Nichts!

Für meine Kinder:
Kora, Sarah, David

Der Ausreißer

Der siebenjährige Koslowski, von den anderen Kindern immer nur Kos gerufen, schmulte vorsichtig aus dem Hausflur in den schummrigen Hinterhof. Das Sonnenlicht des späten Nachmittages erreichte nur noch die obere Etage des linken Quergebäudes. Alle anderen, und die Etagen darunter, mussten sich mit weniger zufriedengeben. An den Mülltonnen hantierte ein älterer Junge. Er hatte halblange, verfilzte Haare. Seine Sachen waren abgetragen. Der rechte Schuh hatte ein Loch, der nackte Zeh lugte hervor. Er hatte keine Socken an. Kos schätzte ihn auf 12 oder 13 Jahre. Er fragte sich, was der große Junge da machte. Er kannte ihn nicht und er war sich sicher, dass er nicht aus diesem Kiez war. Kos kannte hier alle. Die Letzten, die hier zugezogen waren, kamen vor einem halben Jahr. Sie hatten einen seltsamen Dialekt. Die Schuberts. Sie sind zwei Hauseingänge weiter eingezogen, in die Nummer 9. Sie hatten eine Tochter, die so alt war wie er und unheimlich dick. Einen Monat später war er zu ihrem Geburtstag eingeladen worden. Von ihren Eltern. Sie kannte sonst niemanden hier, war die Erklärung. Hinzugehen war keine gute Entscheidung. Danach konnte er sie nicht mehr leiden. Weder die Eltern, noch die fette Tochter. Zum Glück ging sie in eine andere Schule.

Der große Junge hob den Deckel der zweiten Mülltonne hoch und ließ den Deckel gleich wieder fallen.

Roter Aschestaub wurde aufgewirbelt. Sie war voll mit der Asche aus den Öfen der Wohnungen. Kos hasste den Staub, vor allem bei Wind. Es gehörte zu seinen, von seinem Vater aufgetragenen Pflichten, jeden Morgen die Asche rauszubringen. Außer Samstag, da musste er immer frische Milch kaufen, bevor er sich auf den Schulweg machte. Die Milchkanne war erst aus Metall, später wurde daraus Plastik. Die Milch holte er aus dem Tante-Emma-Laden in der Pflugstraße. Sein Vater wollte ihn langsam an das Erwachsenwerden heranführen. Dazu gehören regelmäßige Pflichten, meinte er.

Der Junge wedelte mit der Hand die Asche aus der Luft weg. Kos fand, der Junge sah ziemlich dreckig aus. Sogar dreckiger als er, wenn er nach einem Regen mit der Matschepampe gespielt hatte. Kos stellte es mit einer gewissen Zufriedenheit fest. Da sollte sein Vater noch mal was sagen.

Der Junge fischte etwas aus der dritten Mülltonne, um es genauer zu untersuchen. Er roch daran und warf es mit angewidertem Gesichtsausdruck in die Tonne zurück. Kos beschloss, den Jungen anzusprechen. Er trat hinter der Hoftür hervor, stemmte seine Arme in die Hüfte und rief aus sicherer Entfernung: »Was machst`n da?«

Der ältere Junge warf einen kurzen Blick zu Kos und ohne zu antworten, fing er an, in der vierten Tonne zu wühlen. Kos trat näher. Ein strenger Geruch lag in der Luft. Kos wusste nicht, ob er von dem Jungen oder von den Mülltonnen kam. Er musterte den Jungen ungeniert.

»Ich such was zu essen«, rang sich der ältere Junge durch.

Kos sah ihn ungläubig an. »Wie, was zu essen?«

»Na, ich hab Hunger.«

»Warum hast du Hunger?«

»Na, weil ich heute noch nichts in den Magen bekommen habe.«

Kos schüttelte ungläubig den Kopf. »Es ist doch aber schon nach fünf Uhr.«

»Das weiß ich selber«, kam es mürrisch zurück. »Aber ich bin ausgerissen.«

Kos riss die Augen auf.

»Ausgerissen? Von zu Hause?«

»Nee, aus`m Heim. Vor drei Tagen.«

»Heim?« Kos zog die Stirn kraus. »Was is`n das?«

Der Ältere sah den Jüngeren verunsichert an. Er musterte dessen offenes Gesicht und stellte fest, der Kleine wusste es wirklich nicht. Sein Gesicht verfinsterte sich.

»Ich will nicht darüber reden.«

Kos sah ihn grübelnd an. Es musste etwas unaussprechlich Schreckliches sein. Er spürte das Unwohlsein, die Angst des anderen Jungen.

»Mmm«, machte Kos. »Und was willst du jetzt machen?«

»Ich will nach Amerika.«

»Du willst nach Amerika?«

»Ja!« Der Junge musterte Kos. »Wiederholst du eigentlich immer alles, was man dir sagt?«

»Nee«, antwortete Kos mit fester Stimme. »Und deine Eltern?«

»Du fragst auch ganz schön viel.«

Der ältere Junge sah Kos misstrauisch an. Kos popelte sich verlegen in der Nase.

»Hab keine«, sagte der Junge nach einer Weile. »Sie sind abgehauen, als ich vier war. Haben mich bei meinem Großvater gelassen. Sie wollten mich irgendwann nachholen.«

»Ham'se aber nicht. Stimmt's?« Kos sah den Jungen mitfühlend an.

Der Dreizehnjährige nickte langsam. »Und vor einem Jahr ist mein Opa gestorben. Ich bin dann in dieses Heim gekommen.«

»Und da willst du nach Amerika? Warum nicht zu deinen Eltern?«

»Ich weiß nicht, wo die wohnen. Und ganz ehrlich, so richtig scharf scheinen die sowieso nicht auf mich zu sein. Sonst hätte ich schon längst was von ihnen gehört. Selbst als Opa gestorben war, kam nichts.«

»Vielleicht konnten sie nicht, haben kein Telefon oder so. Wir haben auch keins. Ich muss immer zur Telefonzelle, wenn ich meine Mutter anrufen will.«

»Wo ist denn deine Mutter?«

»Sie wohnt in der Chausseestraße, neben dem Berliner Ballhaus.«

»Berliner Ballhaus?«

»Ja, da geht mein Vater öfter abends hin. Seitdem meine Mutter nicht mehr bei uns wohnt. Keine Ahnung, was er da macht. Ich wohne jetzt hier mit ihm. Parterre. Ist ganz praktisch, wenn ich Stubenarrest bekommen habe.«

Der Ältere nickte verstehend.

»Und wie willst du von hier nach Amerika kommen?«, fragte Kos.

»Mein Opa hat mir erzählt, früher sind hier vom Bahnhof die Fernzüge und auch Güterzüge gefahren.«

»Hier ist aber kein Bahnhof«, stellte Kos fest.

»Weiß ich auch. Aber an der Invalidenstraße, da ist der Nordbahnhof, da fuhren die Züge nach Hamburg. Doof nur, dass der Bahnhof zu ist. Ich bin da nirgends reingekommen. Ist wohl schon länger so, dass da keine Züge mehr fahren. Deswegen dachte ich, ich komm hierher und geh durch den Tunnel.«

»Was für ein Tunnel?« Kos sah ihn überrascht an.

»Mein Opa nannte ihn den Stettiner. Man kommt von dem zur Gartenstraße und von dort zum Gesundbrunnen. Da ist auch ein Bahnhof.«

»Und wo ist der Tunnel?«

»Eigentlich nur ein paar Meter weiter von hier, am Ende der Straße. Aber der ist zu, da sind jetzt Betonplatten drauf. Sieht jetzt aus wie ein Parkplatz.«

»Mmm«, machte Kos. Er wusste, welche Stelle der Junge meinte. Hatte aber noch nie von einem Tunnel dort gehört.

»Dann wird das ja wohl nichts«, stellte Kos fest.

»Das seh ich selber«, antwortete der Junge verärgert.

»Aber warum überhaupt Amerika?«

»Ich will zu den Indianern. Kennst du Karl May?«

Kos schüttelte verneinend den Kopf.

»Der hat ›Winnetou‹ geschrieben. Mein Opa hat mir immer daraus vorgelesen.«

»Aah, Winnetou. Den kenn ich. Ist ein Indianerhäuptling«, sagte Kos. »Aber ich kenne auch ›Chingachgook, die große Schlange‹ und ›weit spähender Falke‹. Hab ich im Kino gesehen. Im Babylon.«

Der große Junge lächelte amüsiert. Er fing an, den Kleinen zu mögen.

»Habt ihr was zu essen?«, fragte er dann Kos unvermittelt. Der Junge hatte aufgegeben etwas Brauchbares zu finden und klappte den Mülltonnendeckel zu.

»Ja sicher«, antwortete Kos aufgeregt. »Zu Hause. Magst du Teewurst mit Ketchup. Ich schon. Wir haben aber bestimmt auch Leberwurst, Camembert und 'ne Büchse Fischmix.«

»Was ist das denn Fischmix?«

Kos zuckte mit der Schulter. »Na, Fisch in so einer Tomatensoße mit Gemüse drin.«

»Aber was für ein Fisch da drin ist, weißt du nicht? Hört sich nach zusammengekehrten Resten an.«

»Musst es ja nicht essen.« Kos war eingeschnappt.

»Ist ja gut. Ich esse auch deinen Fischmix.«

Kos strahlte. »Wir haben allerdings nur Vollkornbrot.« Kos reichte dem Jungen die Hand. »Ich bin Kos.

So nennen mich alle hier. Aber Koslowski ist mein richtiger Name. Und du?«

Der Junge schlug ein. Seine Hand war klebrig und die Fingernägel hatten schwarze Ränder. Er schüttelte Kos' Hand. »Ich heiße Harald.« Nach einer kurzen Pause sagte er: »Na los, lass uns gehen.«

Der große Junge ließ Kos' Hand los. Sein Gesicht wurde ernst. »Aber du musst mir versprechen, nicht die Polizei zu holen. Die stecken mich bloß wieder in das Heim und ich komme nie nach Amerika.«

»Keine Angst. Ich hab dir doch gesagt: Wir haben kein Telefon.«

»Versprich es trotzdem.«

»Gut, ich verspreche es. Und jetzt komm.«

Sie gingen in den Hausflur. Kos öffnete die Wohnungstür. Er ließ den Jungen eintreten, dann folgte er ihm. Als er die Wohnungstür hinter sich schloss, stellte er fest, dass der Geruch, den er wahrgenommen hatte, nicht von den Mülltonnen kam.

»Wann kommt denn dein Vater nach Hause?«

Sie standen in dem langen Flur. Der Junge hatte sich umgedreht und sah Kos forschend ins Gesicht. Er war misstrauisch.

»Ist noch Zeit. Meistens erst nach sechs. Aber mein Vater ist in Ordnung. Vor dem brauchst du keine Angst zu haben.«

Der Junge wirkte nicht erleichtert. Aber er hatte Hunger.

»Die Küche ist vorne rechts.« Kos zeigte in die Richtung. Langsam lief der große Junge den Flur entlang. Zögernd, abtastend, vorsichtig.

Kos lachte. »Kannst ruhig schneller gehen. Wir haben keinen Hund.«

Der Junge warf Kos einen bösen Blick zu. Lächelte dann aber versöhnlich, als er Kos freundliches Gesicht sah.

Sie betraten die Küche.

»Vor dem Fenster sind ja Gitter«, sagte der Junge beunruhigt, als sie die Küche betraten.

»Ja, im Bad auch.« Kos zeigte zum Fenster. »Alle Fenster, die zum Hof gehen, sind vergittert. Wahrscheinlich wegen der Einbrecher. Als ob es hier was zu klauen gäbe.« Kos kicherte. »Setz dich.«

Der Junge setzte sich, während Kos den Kühlschrank plünderte und alles Essbare auf den Tisch stellte. Dann schnitt er das Brot mit der Brotschneidemaschine.

»Willst du was trinken?«

Harald zog die Schultern hoch. Im Heim gab es immer nur Tee. Unsicher fragte er: »Was habt ihr denn?«

Kos ging zum Kühlschrank und sah hinein. »Milch, Vipa und Vita Cola. Vipa trinkt mein Vater. Da ist Wein drin.«

»Ihr habt Cola?«, unterbrach Harald ungläubig.

Kos holte eine Flasche aus dem Kühlschrank, öffnete sie mit dem Flaschenöffner, der auf dem Tisch lag, und stellte sie vor Harald hin.

16

»Hier.«

Harald griff hastig danach und nahm einen ersten Schluck. Dabei schloss er die Augen. Kos sah ihm verwundert zu. Es war doch nur Cola. Harald nahm noch einen Schluck und stellte dann die Flasche ab. Gierig machte er sich über das Brot her, beschmierte hastig die Stulle mit Butter und Teewurst. Kos reichte ihm den Ketchup und zeigte auf die Stulle. Für Kos fehlte da etwas Entscheidendes. Harald nahm den Ketchup, tat was auf die Stulle und schmierte es breit. Dann biss er herzhaft zu.

Kos strahlte ihn an. »Und? Lecker, wa?«

Harald nickte mit vollen Backen. Er biss wieder ab. Plötzlich wurde die Küchentür aufgestoßen. Kos' Vater betrat die Küche. Sie hatten ihn nicht kommen hören. Der Vater blieb verdutzt stehen und versuchte, die Situation zu erfassen. Sein Sohn mit einem älteren Jungen in seiner Küche. Der hatte vor Schreck aufgehört zu kauen.

»Was ist denn hier los?«, wollte Kos' Vater wissen.

»Er hatte Hunger. Ich hab ihm was zu essen gegeben.«

»So so. «

Dann wandte sich der Vater an den Jungen: »Und wie heißt du?«

»Harald«, antwortete der mit vollem Mund.

»Aha, Harald. Gut, iss weiter.« Dann wandte er sich an Kos »Und du kommst mal kurz mit raus.«

Kos stand auf. Harald sah unsicher von einem zum anderen.

»Ich komm gleich wieder. Keine Angst«, sagte Kos und ging hinter seinem Vater her. Im Flur angekommen, schloss sein Vater die Küchentür.

»Wo kommt er her?«

Kos wollte nicht so richtig mit der Sprache rausrücken. Wusste aber, dass ihm nichts anderes übrig blieb.

»Ich hab ihn auf der Straße getroffen. Er hatte Hunger.«

Sein Vater streichelte ihm über den Kopf.

»Er ist ein Ausreißer, stimmt's?«

Kos schwieg.

»Gut. Lassen wir ihn erst mal essen. Aber dann muss er in die Wanne. Der Junge stinkt. Die ganze Wohnung stinkt.«

»Mit ganz viel ›Badusan‹.« Kos lachte erleichtert. Sein Vater würde nicht die Polizei rufen.

»Jetzt geh wieder zu diesem Harald. Ich geh in den Keller, um Holz und Kohlen zu holen. Dann werden wir den Badeofen anheizen.«

Kos betrat wieder die Küche und sagte zu Harald: »Alles in Ordnung.«

»Dein Vater holt nicht die Polizei?«

»Nein, hab ich dir doch gesagt, mein Vater ist in Ordnung.« Stolz klang in seiner Stimme mit.

»Und wo ist er dann?«, fragte Harald misstrauisch.

»Im Keller. Kohlen holen für den Badeofen. Mein Vater hat gesagt: Du stinkst. Und ehrlich gesagt, hat er recht. Du musst dich waschen.«

Kos lachte. Harald lächelte erleichtert und schmierte sich eine neue Stulle.

Sein Vater brauchte länger, als Kos angenommen hatte. Nach einer Weile betrat sein Vater wieder die Küche und sagte zu Harald, der schon bei seiner fünften Stulle war: »So, junger Mann, wenn du dich satt gegessen hast, geht's ab in die Badewanne.«

Harald sah zu Kos' Vater hoch. »Sie haben eine Badewanne?«

»Ja«, rief Kos begeistert. »Und Badusan. Das wird ein schönes Schaumbad. Du wirst sehen.«

»Und während du in der Wanne bist, werde ich die Wohnung lüften.«

Er lächelte Harald freundlich an. Nach zwei Cola und sechs Stullen war Harald für das Bad bereit. Kos ließ das Badewasser ein. Der Ofen hatte gute Arbeit geleistet. Das Wasser war heiß.

»Hier hast du Waschlappen und Handtuch.« Kos reichte Harald die beiden Sachen. »Lass dir Zeit. Wenn du fertig bist, kommst du einfach raus.«

Harald nickte. Kos verließ das Bad und schloss die Tür. Sein Vater saß im Wohnzimmer. Überall in der Wohnung waren die Fenster und Türen geöffnet.

»Er ist jetzt in der Wanne«, berichtete Kos. »Und was machen wir dann?« Kos sah seinen Vater fragend an. »Kann er bei uns bleiben?«

»Du weißt, dass das nicht geht.«

»Aber warum nicht?«

»Weil er woanders hingehört.«

»Ich weiß. Er will ja auch nach Amerika«, sagte Kos traurig.

Sein Vater sah ihn stumm an.

Nach einer halben Stunde kam Harald aus dem Bad. Frisch gekämmt, mit rosigem Gesicht.

»Komm, ich zeig dir mein Zimmer«, sagte Kos.

»Ich glaube, ich geh lieber.« Harald sah zu Kos‘ Vater.

»Geht ruhig ins Kinderzimmer und macht die Fenster zu. Es dürfte genug gelüftet sein. Du hast ganz schön gestunken«, sagte der lachend und ging zum Fenster, um es zu schließen.

»Holt euch noch eine Cola aus der Küche.«

Sie betraten gerade die Küche, als es an der Tür klingelte.

»Ist für mich«, rief der Vater in Richtung Küche und öffnete die Wohnungstür. Zwei Volkspolizisten betraten die Wohnung. »Herr Koslowski?«

»Ja.« Dann legte er kurz den Zeigefinger auf die Lippen und sagte leise: »Er ist in der Küche. Zweite Tür rechts.«

Die Polizisten liefen in die angegebene Richtung. Die Küchentür stand offen, Kos war gerade dabei, die Colaflaschen aus dem Kühlschrank zu holen, als Harald die Polizisten erblickte und erstarrte. Mit gehetztem Blick sah er erst zum Fenster, dann zur Tür. Es gab kein entrinnen. Haralds Schultern erschlafften.

»Komm Junge«, sagte der ältere grauhaarige Polizist freundlich zu ihm. »Glaub mir, es ist besser so.«

Harald sah stumm zu Kos, der immer noch fassungslos an der offenen Kühlschranktür stand und ging dann, den Kopf gesenkt, mit den Polizisten mit.

Es gab keinen Abschied.

Der jüngere Polizist bedankte sich noch einmal bei Kos' Vater und sagte: »Danke, dass Sie uns gerufen haben. Schönen Abend noch.«

Die beiden Polizisten verließen mit Harald die Wohnung. Kurz vor der Wohnungstür drehte sich Harald noch mal um und sah mit leerem Blick zu Kos, der im Flur stand. Traurig sagte er: »Dein Vater ist also in Ordnung.«

Dann schloss sich die Wohnungstür.

Kos' Erstarrung löste sich. Er rannte in sein Zimmer. Der Vater sah ihm stumm hinterher. Kos warf sich aufs Bett und fing an zu weinen.

An diesem Abend redete Kos nicht mehr mit seinem Vater. Einen Tag später versuchte der Vater, es Kos zu erklären. Für Kos änderte sich nichts. Harald hatte ihm vertraut und er seinem Vater.

In der folgenden Zeit dachte Kos noch recht häufig an Harald. An den Gestank, die Traurigkeit in dessen Augen. An den Verrat. Mit dem Älterwerden verblasste die Erinnerung. Die Scham wich der Einsicht: Es war wohl doch das Beste für den Jungen gewesen. Kos war erwachsen geworden. Er hat Harald nie wieder gesehen.

2o Jahre später, November 1989 musste Kos noch einmal an Harald denken. Die Berliner Mauer war gefallen. Kos stand am Bahnhof Zoo und hat sich gefragt, ob

Harald nun den Zug nach Hamburg und das Schiff nach Amerika erreicht hatte oder hier am Bahnhof zwischen den anderen Gestrandeten saß. Die Antwort kam zwei Jahre später. Kos erreichte eine Postkarte aus Arizona USA. Der handgeschriebene Text darauf lautete:

Ich bin angekommen.
Gruß Harald.

PS: Karl May war ein Lügner!

Der Liebesbrief

Der Junge mit den blonden Locken, wegen seines Nachnamens nur Kos gerufen, saß auf der Erde. Er war acht Jahre alt und ging in die zweite Klasse. Es war ein schöner warmer Maitag. Die Schule war aus und wie er besuchten auch die anderen Kinder der ersten bis vierten Klasse seiner Schule den Hort. Die Aufbewahrungsanstalt für Kinder, deren Eltern berufstätig waren. Und das waren eigentlich alle.

Kos mochte die Schule nicht und die Vorstellung, noch über 8 Jahre dorthin gehen zu müssen, bereitete ihm Bauchschmerzen. Es hätte vielleicht abgemildert werden können, wäre nicht sein Lieblingslehrer, Zeichenlehrer Kunze, auf einmal nach dem Ende der ersten Klasse verschwunden. Zwei Monate später hat Kos ihn dann zufällig wiedergetroffen. Da war er mit seinem Vater zum Alexanderplatz gefahren ins Centrum Warenhaus. Kos brauchte neue Schuhe. Lehrer Kunze stand an der Rathauspassage und verkaufte Bockwürste. Heiß gemacht in einer WM 66, der Waschmaschine, die für vieles einsetzbar war nur nicht unbedingt zum Wäschewaschen. Er wusste nicht, warum Lehrer Kunze auf einmal Bockwürste verkaufte und sein Vater konnte oder wollte es ihm nicht erklären.

Sie waren 35 Kinder in der Klasse. Die Klassenlehrerin hieß Frau Andreas. Sie zeichnete sich durch eine spitze Nase, einen kleinen Dutt und Humorlosigkeit aus. Das fliehende Kinn ging fast übergangslos in den

Hals über. Nur die kleine Wulst zwischen zwei Falten deutete es an. Kos konnte sie nicht leiden, sie ihn auch nicht. Wen er gut leiden, ja sogar sehr mochte, war Dagmar. Im Klassenzimmer saß sie vorn rechts in der ersten Reihe, er in der letzten hinten links. Was gleichzeitig eine Einstufung in der Beliebtheitsskala bei der Klassenlehrerin bedeutete. Dagmars Haare waren sehr kurz geschnitten. Ein Bubikopf, fast ein Igel. Wahrscheinlich die Idee von ihrem Vater, der Oberst bei der Verkehrspolizei war. Sie wohnte in einem der neu errichteten Fünfstöcker gegenüber dem Walter-Ulbricht-Stadion. Er in der Schwartzkopffstraße in einem typischen Berliner Altbau, der den Zweiten Weltkrieg bis auf ein paar Einschusslöcher halbwegs unbeschadet überstanden hatte. Am Ende der Schwartzkopffstraße hörte die Welt, wie er sie kannte, auf. Da stand eine Mauer. Sie trennte die Straße von den Gleisen, die zum Nordbahnhof führten, und was er damals noch nicht wusste, Ostberlin von Westberlin. Bis September 1952 befand sich dort am Ende der Straße der Eingang des Stettiner Tunnels. Durch ihn gelangte man unter den Gleisen hindurch auf die andere Seite zur Gartenstraße. Jetzt war der Tunnel zubetoniert.

Versonnen beobachtete er Dagmar, wie sie mit zwei anderen Mädchen Gummihopse spielte, als Sven auf ihn zutrat. Sven war zwei Jahre älter, ging schon in die vierte Klasse. Er hatte ordentlich geschnittene Haare und trug einen Pistolengürtel um die Hüfte mit einem Plastikcolt darin. Bei Sven war scheinbar jeden Tag Fasching, dachte der Blondschopf.

»Hey Schwachkopf.«

Kos sah nicht mal zu ihm hin, sondern weiter zu den hüpfenden Mädchen.

»Hey Kos, ich rede mit dir. Hast du wieder deine Zipfelmütze dabei?«

»Das ist eine Budjonnymütze«, wies Kos ihn zurecht, ohne den Blick von Dagmar abzuwenden. Es faszinierte ihn, mit welcher Geschicklichkeit sie diese Gummihopserei beherrschte. Dagmar war der Grund, warum er sich zum Kurs »Nadelarbeit« angemeldet hatte, der einmal in der Woche stattfand.

»Budjonnymütze. Was soll das denn sein?«

»Budjonny war ein Roter, der gegen die Weißen gekämpft hat. Später war er Marschall«, erklärte Kos.

»Scheiße, du spinnst ja. Ein Indianer wäre niemals ein Marschall geworden. Selbst Winnetou nicht.«

Inzwischen hatten sich ein paar Jungs hinter ihrem Anführer gescharrt. Einer aus der Gruppe rief: »Genau. Ein Indianer wird niemals nich Sheriff.«

»Und sag du noch mal Schwachkopf zu mir.« Kos sah Sven geringschätzig an. »Das war keine Cowboy-Indianer-Sache. Das war die Oktoberrevolution. Und Budjonny war ein Rotgardist, wie Tschapajew. Schon mal was von den Budjonnyreitern gehört?«

»Scheiße Kos, von was faselst du da? Wer ist Tschapajew?«

»Ach, lass mich einfach in Ruhe. Du würdest es sowieso nicht kapieren. Spiel mal hübsch weiter Old Shatterhand, du Blödmann.«

»Mach ich, vorher hab ich mir aber deine Zipfelmütze genommen.«

Er lachte. Seine Gefolgschaft lachte mit.

Kos sah ihn an. Leise sagte er: »Ich hab dich gewarnt. Gib sie her.« Seine Augen funkelten kampfeslustig. Dass sein Gegner zwei Jahre älter war und um einiges größer, interessierte ihn nicht. Die Mädchen hatten aufgehört Hopse zu spielen. Neugierig sahen sie zu ihnen herüber.

»Hol sie dir doch«, sagte Sven und schwang dabei die Mütze wie einen Skalp. Die anderen Jungs johlten.

»Mach ich.«

Kos stand auf. Griff den Spaten, der neben ihm lag, und schlug ohne weitere Worte zu. Das Blatt traf voller Wucht die Nase von Sven. Man hörte es knacken. Seine Freunde warfen sich ratlose, entsetzte Blicke zu. Sven ließ die Mütze fallen und hielt sich schreiend die Nase, aus der das Blut hervorsprudelte.

Kos hob seine Budjonnymütze auf und sagte: »Ich hab dich gewarnt.«

Zwei Horterzieherinnen stürmten heran.

»Was ist hier los?«, rief die eine. Die andere hielt sich entsetzt die Hände vor den Mund, als sie die blutige Nase sah.

»Kos hat einfach mit dem Spaten den Sven gehauen«, rief einer aus der Gruppe.

»Er muss zum Arzt«, stellte die ältere der beiden Erzieherinnen fest. »Vermutlich ist die Nase gebrochen.«

»Was hast du dir nur dabei gedacht?«, fragte sie Kos. Der stand nur da und zuckte mit der Schulter.

Wenig später, Sven war inzwischen zu einem Arzt gebracht worden, kam es in Anwesenheit seines Vaters, der ihn abholen musste, zu einer Aussprache im Direktorinnenzimmer. Trotz guten Zuredens des versammelten Tribunals in Gestalt dreier kinderlosen Frauen, der älteren Erzieherin, seiner Klassenlehrerin und der Direktorin, bereute er sein Handeln nicht. Es löste bei der Direktorin kein Entzücken aus. Er hörte nicht mehr hin, wie die Direktorin ihre Kurzversion der Geschehnisse darlegte. Die Hintergründe der Tat kamen nicht zur Sprache. Und Kos schwieg. Er stand mit gesenktem Kopf neben seinem Vater.

Die Direktorin wandte sich an Kos' Vater: »Ihr Sohn, Herr Koslowski, zieht nur Schwierigkeiten an.«

Kos empfand es anders. Für ihn war das eine merkwürdige Sicht auf die Dinge. Wie so oft bei Erwachsenen. Es war doch ein Unterschied, ob man Ärger anzog oder dem Ärger nur nicht aus dem Weg ging. Die meisten Erwachsenen gingen dem aus dem Weg. Er nicht. Kos wurde hinausgeschickt und musste vor der Tür warten. Die Direktorin wandte sich wieder an Kos' Vater und wiederholte: »Ihr Sohn, Herr Dr. Koslowski, macht nur Schwierigkeiten. Und Sie sehen, er ist auch nicht sehr einsichtig.«

Sie wiegte voller Anteilnahme den Kopf. »Wir wissen, Sie haben es nicht leicht als alleinerziehender Vater….«

»Sie wissen gar nichts«, unterbrach Dr. Koslowski sie kalt. »War's das?«

»Nein. So leid uns es auch tut, wir können ihren Sohn nicht mehr hier im Hort beaufsichtigen.«

Dr. Koslowski sah die Direktorin überrascht an. »Das bedeutet?«

»Dass Sie ihn nach der Schule woanders unterbringen müssen. Er darf den Hort nicht mehr besuchen.«

Dr. Koslowski musterte sie mit steinernem Gesicht. Dann drehte er sich grußlos um und verließ den Raum. Im Flur nahm er Kos bei der Hand. »Lass uns gehen.«

Auf dem Weg nach Hause versuchte sein Vater, mehr herauszubekommen, was im Hort vorgefallen war. Doch Kos schwieg weiter. Ratlos beschloss sein Vater, ihm einen Wohnungsschlüssel zu überlassen. Er wurde ein Schlüsselkind, wie Kos es nannte. Er war von nun an gleich nach der Schule bis ungefähr 18.30 Uhr, wenn sein Vater von der Arbeit kam, auf sich allein gestellt. Und er genoss sie, die Freiheit. Jede Minute davon.

In einem hatte die Direktorin recht: Eine Mutter gab es in Kos' Leben nicht. Sie war ihm vor zwei Jahren abhandengekommen, als sie aus der Auguststraße wegzog. Da war er fünf Jahre alt und seine Eltern fanden es eine gute Idee, sich zu trennen. Sein Vater nahm ihn und das Auto, einen kackbraunen Trabant mit und seine Mutter verwandelte sich in eine Frau Namens Karin.

Jedenfalls unterschrieb sie ihre jährlichen Geburtstags- und Weihnachtskarten so. Über die Gründe hatte jeder der beiden Elternteile seine eigene Sicht. Kos hatte sich die Vielzahl der Geschichten nicht gemerkt. Sie änderten sich im Laufe der Zeit immer mal wieder, vor allem die von seiner Mutter, die ja jetzt Karin hieß.

Wenig später, es war Anfang Juni, die Sonne stand hoch am wolkenlosen Himmel, lief Kos die Habersaathstraße hinunter. Er war glücklich. Seine blauen Augen leuchteten. Das Herz schlug ihm bis zum Hals. Er konnte es immer noch nicht fassen, fragte sich, ob es der Vorfall mit dem blöden Sven gewesen war, der ihm die Gunst von Dagmar eingebracht hatte.

Am Ende des de Walter-Ulbrict-Stadions kroch er durch ein Loch im Zaun. Er hatte wieder seine kurze Lederhose mit dem Enzian auf dem Brustlatz an und natürlich seine Budjonnymütze mit dem roten Stern auf. Sie schützte ihm vor den altersbefleckten Händen älterer Damen, die unbedingt immer über seinen blondgelockten Kopf streicheln wollten. Er hasste das. In der Tasche seiner Lederhose befand sich der kleine Brief, der Auslöser seines pochenden Herzens. Immer wieder vergewisserte sich seine Hand, dass er noch da war, sein erster Liebesbrief.

Er lief hinter dem Fußballfeld des Stadions durch das dichte Gestrüpp zu dem, was er seine Höhle nannte. Kurz vor dem kleinen Flüsschen, der Südpanke, einem unscheinbaren Seitenarm der Panke, stand er, der ausrangierte Doppelstockbus, der langsam vor sich hin rostete. Keiner wusste, warum und wie er dort gestrandet war, und ihm war es egal. Manchmal setzte er sich hinter das Lenkrad und tat so, als ob er ein Busfahrer wäre. Schaffner mochte er nicht. Er hatte bisher keinem den Bus gezeigt. Er war sein Geheimnis. Diesmal setzte er sich auf die vordere Holzbank, die einzige, die noch vorhanden war. Vorsichtig holte er den gefalteten Zettel aus seiner Hosentasche hervor, den ihn Dagmar in Begleitung ihrer zwei kichernden Freundinnen in der Hofpause zugesteckt hatte. Er musste ihn noch einmal lesen, seinen ersten Liebesbrief. Seine Lippen bewegten sich beim Lesen mit.

»Wenn du mit mir zusammen sein willst, musst du dich in Ordnung, Betragen und Disszieplien verbessern! Dagmar.«

Wie romantisch, fand er. Er war unheimlich stolz. Für ihn war sie nicht nur hübsch, nein, sie war auch noch verdammt klug, kannte schon Fremdwörter. Mit den Begriffen Ordnung und Betragen konnte er was anfangen. Mit dem Wort Disziplin hatte er seine Schwierigkeiten. Eine Weile grübelte er, was dieses Wort zu bedeuten hatte, kam aber zu keinem Ergebnis und sie fragen wollte er nicht. Er wollte nicht als dumm dastehen. Er buchstabierte das Wort noch einmal vor sich hin: D i s s z i e p l i e n.

Meine Fresse, was für ein schweres Wort, dachte er. Er wusste zwar immer noch nicht, was sie ihm mit diesem Wort sagen wollte, was er verbessern sollte. Aber er war guter Dinge, dass er das schon hinkriegen würde. Er musste nur noch klären, ob eine Vier in Betragen und eine Drei in Ordnung in ihren Augen, bei einer Skala von 1-5, schon eine Verbesserung darstellten. In seinen ja. Immerhin eine Note besser als vorher. Aus seinem Versteck, unter dem Sitz, holte er den kleinen roten Koffer mit den weißen Punkten hervor. Er packte den Zettel zu seinen anderen wertvollen Dingen: Dem Schlüsselbund, mit über zwanzig Schlüssel daran, den großen rostigen Schrauben und passenden Muttern, die wunderbar geeignet waren, um Knallplätzchen darin zu quetschen und knallen zu lassen, einem Schraubenzieher und einem Taschenmesser, bei dem eine der Klingen abgebrochen war. Die kleinere Klinge war noch ganz. Er schob den Koffer wieder in das Versteck und machte sich dann fröhlich pfeifend auf den Nachhauseweg.

Am nächsten Morgen stand er mit seinem braunen Lederschulranzen vor ihrer Haustür, um sie abzuholen. Er war aufgeregt. Er wollte sie ihr zeigen, seine Höhle, sein Versteck, sein Geheimnis. Es war Samstag. Die strahlende Morgensonne passte zu seiner guten Laune. Dagmar erschien am Hauseingang und sah ihn überrascht, dann erfreut an.

»Was machst du denn hier?«, rief sie.

»Ich will dir was zeigen.«

»Was denn?«, fragte sie neugierig. Dabei reckte sie keck ihre sommersprossige Stupsnase vor.

Leise flüsternd sagte er: »Mein Versteck. Keiner kennt es. Es ist mein Geheimnis und wenn du willst, dann auch deins. Du musst mir aber schwören, es niemanden zu verraten.«

Er sah sie ernst an. Sie wurde rot, hob die rechte Hand und sagte feierlich: »Ich schwöre es. Pionierehrenwort.«

Das mit dem Pionierehrenwort fand er ehrlich gesagt etwas übertrieben. Feierlich ist ja in Ordnung, aber mit dem Pionierehrenwort fehlte ihm irgendwie die Romantik. Er vermutete, dass sie als Gruppenratsvorsitzende der Jungen Pioniere bestimmte Rituale einhalten musste. Trotzdem, ein einfacher Schwur hätte es auch getan. Aber egal, er war glücklich.

»Gut, komm mit« , sagte er und griff ihre Hand. Sie lächelte ihn an. Gemeinsam gingen sie los, liefen die Chausseestraße entlang, vorbei an den Secura-Werken. Dann überquerten sie die Straße, eine Straßenbahn fuhr ratternd an ihnen vorüber. Sie rannten an der Tankstelle vorbei in die Habersaathstraße. Es roch nach Gummi, Öl und Benzin. Er liebte diesen Geruch. Sie hielt sich die Nase zu. Nach etwa 200 Metern, man konnte schon das Wasser der Südpanke plätschern hören, zeigte er ihr das Loch im Zaun. Sie krabbelten da hindurch. Er voran.

»Wo sind wir?«, fragte sie verunsichert.

»Im Ulbricht-Stadion. Gehört alles dazu. Es ist riesig. Und du verrätst keinem ein Sterbenswörtchen. Du hast es mir geschworen.«

Er sah sie dabei eindringlich an. Sie nickte aufgeregt. Sie schlugen sich durch die Büsche. Rechts lag das

Stadion, links plätscherte der Bach. Und dann erreichten sie ihn, den Bus der Linie 18. Staunend blieb sie stehen.

»Wie ist der denn hierhergekommen?«

»Keine Ahnung. Vielleicht hat sich der Busfahrer verfahren. Vorn steht Robert-Koch-Platz drauf und der ist ja nicht weit weg von hier.«

»Ich könnte ja meinen Vater fragen. Der ist bei der Verkehrspolizei«, sagte Dagmar aufgeregt.

»Das wirst du nicht. Das ist unser Geheimnis. Du wirst niemanden davon erzählen. Du hast es geschworen«, erwiderte er nervös.

Er war etwas beunruhigt. Zweifel kamen in ihm hoch, ob es wirklich eine gute Idee gewesen war, Dagmar diesen Platz zu zeigen.

»Ist ja gut Kos. Ich erzähl es keinem«, meinte sie beschwichtigend. Und plötzlich gab sie ihm einen Kuss auf die Wange. Seine Zweifel lösten sich in Luft auf. Er nahm ihr Gesicht in beide Hände und gab ihr einen Kuss auf den Mund. Sie strahlt ihn an, nahm seine Hand und stieg in den Bus. Er folgte ihr. Staunend lief sie umher und er sah ihr glücklich dabei zu. Sie setzte sich hinter das Lenkrad, sprang aber gleich wieder auf, um das obere Stockwerk zu inspizieren. Sie kam die Treppe wieder herunter und setzte sich neben ihn.

Und dann, ganz plötzlich löste sich der Zauber in Luft auf. Erschrocken hielt sie die Hand vor den Mund und rief: »Wie spät ist es?«

Er sah sie ratlos an. Er besaß keine Uhr.

»Weiß ich nicht«, stammelte er hilflos. Er hatte ganz vergessen, dass sie noch zur Schule mussten.

»Wir müssen los. Wir kommen bestimmt zu spät.«

Sie geriet in Panik. Kos griff seine Schulmappe und reichte ihr ihre, die sie am Eingang abgestellt hatte. Sie rannten los. Vorn auf der Chausseestraße erwischten sie noch die Straßenbahn. Als sie an der Ackerhalle ausstiegen, wussten sie schon, dass sie die erste Schulstunde verpassen würden. Die Uhr am Nordbahnhof log nicht. Sie liefen eilig die Bergstraße hoch zu der alten Schule. Dagmar war den Tränen nah. Kos wusste nicht, wie er sie trösten könnte.

»Es wird bestimmt nicht so schlimm werden«, sagte er.

Sie schüttelte den Kopf, glaubte ihm nicht und behielt recht.

Er bekam wieder einen Tadel. Sie nur einen Eintrag ins Klassenbuch und in das Hausaufgabenheft. Aber auch das war für sie und ihre Eltern schon schlimm genug.

An dem Tag und den folgenden redete sie kein einziges Wort mehr mit ihm. Er konnte es ihr nicht verdenken. Er fühlte sich miserabel. Irgendwann huschte Kos der Gedanke durch den Kopf: Ob sie auch dieses Jahr wieder eine Eins in Betragen bekommen würde? Er musste zugeben, es machte die Angelegenheit nicht leichter.

Eine Woche lang grübelte er, wie er es bei Dagmar wiedergutmachen könnte. Und dann, sonntagabends im

Bett kam ihm die Idee. Er würde sie zu einem Eisbecher einladen. In der Gartenstraße gegenüber der Schwimmhalle gab es diese kleine Eisdiele. Da bekam man einen Eisbecher mit Früchten und frischer Schlagsahne für eine Mark. Der war lecker. Er holte seine Sparbüchse unter dem Bett hervor und schüttelte sie aus, nur um festzustellen, dass die 30 Pfennige wohl nicht reichen würden. Kurzentschlossen ging er in den Flur. Dort hing der Mantel seines Vaters. Meist hatte der immer etwas Kleingeld in den Taschen. Sein Vater würde es nicht vermissen. Doch er fand nichts. Er ging zur Wohnzimmertür und lauschte. Sein Vater sah gerade die ›aktuelle Kamera‹. Die seltsam sachliche Stimme des Nachrichtensprechers verkündete gerade, dass eine LPG ihren Plan zum wiederholten Male mit 150 % übererfüllt hatte und dafür mit einem Orden ausgezeichnet worden war. Welchen Orden, verstand er nicht. Der hatte einen zu langen Namen. Er ging zurück zum Mantel und tastete ihn ab. Dann fand er das Portemonnaie und zog es heraus. Er öffnete es. Auch da kein Kleingeld. Aber hinten im Fach steckten mehrere Geldscheine. Er zog einen heraus und steckte ihn ein. Sein Herz klopfte heftig. Schnell schob er die Brieftasche wieder in den grauen Mantel und schlich leise in sein Zimmer. Erst da traute er sich, laut auszuatmen.

Am Montag in der Schule sprach er Dagmar auf dem Schulhof an. »Hallo Dagmar.«

Ihre beiden Freundinnen, Bärbel, die dünne Rothaarige, und Silvia, die mit der Zahnspange, kicherten.

»Lass mich in Ruhe.«

Wieder kicherten die beiden Mädchen. Kos sah die beiden böse an. Sie verstummten.

»Ich wollte dich nachher zum Eis einladen.«

»Als Entschuldigung?«, fragte sie.

Er runzelte die Stirn. Das ging ihm doch zu weit. Er antwortete nicht. Sie interpretierte es als Zustimmung.

»Na gut, aber nur, wenn meine beiden Freundinnen auch mitkommen dürfen.«

Er fühlte noch mal den Geldschein in seiner Hosentasche. Wenn er es richtig gesehen hatte, war das ein Zehn-Mark-Schein. Das sollte reichen, dachte er und nickte zustimmend.

»Na gut.«

»Nach der Schule?«, fragte Dagmar mit einem schelmischen Lächeln. Ihm wurde warm ums Herz.

»Klar, nach der Schule.«

Mit stolzer Brust schlenderte er zu den anderen Jungs auf dem Hof. Hinter sich hörte er wieder die Freundinnen kichern. Wie hält sie das nur aus, fragte er sich. Drei Stunden später, der Unterricht war endlich zu Ende, marschierten sie zu viert die Gartenstraße hinunter. Die Sonne schien. Kos war guter Dinge. Dagmars Freundinnen plapperten in einer Tour. Sie waren aufgeregt, überlegten, was sie für einen Eisbecher essen wollten. Bärbel favorisierte den Schwedenbecher, Vanilleeis mit Apfelmus und Eierlikör. Kos sah sie entgeistert an. Er bezweifelte, dass sie Eierlikör bekommen würde. Silvia wollte einen großen Erdbeereisbecher mit viel Sahne. Sie leckte sich schon jetzt die Lippen. Dagmar sagte nichts. An der Eisdiele angekommen, bestellte jeder sein Eis. Gleichzeitig.

Die dicke Verkäuferin mit der bekleckerten Bluse warf einen kurzen Blick auf sie und knurrte: »Nicht so aufgeregt. Immer hübsch der Reihe nach.« Dann sah sie Kos mit ihren kleinen mausgrauen Augen an. »Und wer bezahlt?«

»Ich bezahl«, sagte Kos und schob sich eine störrische Locke aus der Stirn.

»Hab ich's mir doch gedacht. Ein Gentleman, so so. Und gleich drei Mädels. Fängst ja früh an, mein Kleiner.«

Kos war sich nicht sicher, was sie damit meinte. Sein Gesicht wurde rot. Wortlos zog er den gefalteten Geldschein aus seiner Hosentasche und legte ihn auf den Tresen. Die drei Mädchen gaben inzwischen ihre Bestellungen auf. Erdbeereisbecher mit viel Erdbeeren und Sahne, ein Schwedenbecher und ein Schwarzwälderkirsch, den bestellte Dagmar. Die Dicke sah Bärbel an und sagte: »Aber den Schwedenbecher gibt's ohne Eierlikör, kannst 'nen Klecks Vanillesoße haben.«

Bärbel nickte eingeschüchtert. Die Mädchen setzten sich an den hinteren der drei Tische. Die Dicke sah Kos an. »Und du?«

»Einen gemischten Eisbecher mit Früchten und Sahne«, antwortete Kos brav.

Die dicke Verkäuferin nickte zustimmend. Er hatte wohl eine gute Wahl getroffen. Sie griff sich den gefalteten Geldschein. Plötzlich spitzte sie ihre Lippen. Sie hatten das künstliche Rot kandierter Äpfel und glänzten feucht. Ihr Mund stieß einen leisen Pfiff aus.

»Deine Eltern sind wohl Millionäre?«

Kos sah die Eisverkäuferin verunsichert an. Er verstand nicht, was sie meinte. Silvia beobachtete das Geschehen neugierig, während Bärbel und Dagmar sich gegenseitig ihre Lackbilderalben zeigten. Die hatten sie immer in ihren Schulranzen dabei. Die Verkäuferin nahm das Geld und legte wenig später das Wechselgeld auf den Tresen. Es dauerte einen kleinen Moment. Kos Augen wurden immer größer, Silvias auch. Er hatte einen Schein hingegeben und bekam fünf Scheine und eine Münze zurück. Hastig steckte er das Geld ein. Dann dämmerte es ihm. Den Schein, den er hingelegt hatte, war gar kein Zehn-Mark-Schein. Er hatte Schiller mit Karl Marx verwechselt. Ihm wurde mulmig. Irgendwie wollte ihm der Eisbecher nicht schmecken. Den Mädchen schon.

Nach dem Eisessen gingen sie zurück zur Schule. Die Mädchen wollten zurück in den Hort. Kos brachte sie noch bis zur Tür.

»War schön«, sagte Dagmar. Bärbel stimmte zu. Silvia sagte nichts. Sie gingen durch das Tor. Dagmar blieb kurz stehen, drehte sich noch mal um und winkte, schließlich eilte sie ihren Freundinnen hinterher. Er genoss diesen Moment. Eine Minute später lief er vor zur Invalidenstraße. Er hatte es eilig, wollte die Straßenbahn erreichen. Er dachte nur an eins: Schnell nach Hause, das Geld verstecken. Erst hatte er an seine Höhle gedacht, an seinen roten Koffer im Versteck. Den Gedanken dann aber verworfen. Was, wenn doch jemand seine Höhle und damit den Koffer finden würde?

Am Abend kam sein Vater nach Hause. An seinem ernsten Gesicht konnte Kos erkennen, dass etwas nicht stimmte. Sein Vater sah ihn an und sagte: »Die Klassenlehrerin hat mich angerufen. Du sollst viel Geld in der Schule dabeigehabt haben. Wo hast du das her?«

»Mein Taschengeld«, antwortete Kos stotternd und dachte an Silvia. Vermutlich war sie diese blöde Petze gewesen.

»So, so Taschengeld.«

Sein Vater sah ihn mühsam beherrscht an. »Du kriegst fünfzig Pfennig in der Woche. Wie gut bist du im Rechnen?«

Kos wollte schon antworten, als sein Vater wütend rief: »Hör auf. Du hast noch nie gespart. Woher ist also das ganze Geld? Hast du es gefunden und nicht zurückgegeben, einfach behalten?«

Er sah seinen Sohn böse an. Der druckste herum, wusste nicht, wie er sich aus dieser Bredouille befreien konnte. Zögernd gab er leise zu: »Ich hab es aus deinem Portemonnaie genommen.«

»Lauter, ich hab dich nicht verstanden.«

»Aus deinem Portemonnaie«, rief Kos. Er war kurz davor loszuheulen.

Sein Vater lief zum Mantel, der noch im Flur hing. Er hatte heute Morgen eine andere Jacke angezogen und die Brieftasche im Mantel vergessen. Er zog das Portemonnaie heraus und sah nach. Ein Hundert-Mark-Schein fehlte. Er kochte vor Wut. Mühsam beherrscht fragte er seinen Sohn: »Wo ist das restliche Geld?«

»In meinem Zimmer.«

»Zeig es mir.«

Sie gingen zum Kinderzimmer. Kos holte das Geld aus seinem Lieblingsbuch »Ferdinand, der Stier«. An die Münze in seiner Sparbüchse dachte er nicht. Er reichte es seinem Vater. Der steckte es, ohne nachzuzählen, in die Hosentasche. Mit bleichem Gesicht packte er seinen Sohn und zog ihm so heftig die Hose herunter, dass der Hosenknopf abriss und durch das halbe Zimmer flog. Er griff sich den Kinderbesen, der in der Ecke stand, er hatte gelbe und blaue Borsten und einen roten Stiel, und legte sein Sohn übers Knie. Dann drosch er mit dem Besenstiel und voller Kraft auf den Hintern von Kos ein, bis der Stiel zerbrach. Kos schrie vor Schmerzen. Der Vater warf seinen wimmernden Sohn auf das Bett und sagte: »Du hast ein Woche Stubenarrest.«

Mit hängenden Schultern drehte sich Kos' Vater um und ging aus dem Zimmer. Wenig später kam er mit einer Wundcreme zurück und salbte Kos schweigsam den Hintern.

Zwei Tage später ging Kos wieder in die Schule. Er konnte inzwischen wieder halbwegs sitzen. Sein Vater schrieb einen Entschuldigungszettel. Mit Silvia redete Kos kein Wort. Dagmar sagte er, mit so einer Petze will er nichts zu tun haben. Warum genau, sagte er nicht. Seitdem war Sylvia nicht mehr Dagmars Freundin und die von Bärbel auch nicht.

Diese erste Liebe hielt nicht lange. Dagmars Vater, der Oberst, untersagte ihr den Umgang mit ihm. Wie einige andere Eltern, obwohl die keine Offiziere waren, ihren Sprösslingen auch. Wenig später zog er mit seinem Vater weg, in eine größere, modernere Wohnung in der Leninallee. Mit einem Bad, Fernheizung und warmem Wasser aus dem Hahn. Sein Vater hatte eine neue Frau kennengelernt. Sie brachte ihren einjährigen Sohn mit. Die größer gewordene Familie brauchte mehr Platz. So bekam jeder etwas. Sein Vater eine neue Frau und eine moderne schicke Wohnung und er einen Bruder. Gefragt wurde er nicht.

Zu der Zeit verlor er Dagmar aus den Augen. Viele Jahre später traf er einen Schulfreund aus dieser Zeit wieder. Man hatte sich beinahe nicht erkannt. Er hieß Rene, seine Eltern betrieben damals die Bäckerei in der Pflugstraße. Nach einer Weile mit Geplänkel über dies und das und wie es einem ergangen war, fragte Kos nach ihr. Rene sah ihn an und grinste. »Stimmt ja, Kos. Du warst ja mit ihr zusammen.«

»Aber nicht lange. Sie durfte nicht mehr mit mir. Ihre Eltern hatten es untersagt. Na ja, und wenig später sind wir dann weggezogen.«

»Ich erinnere mich. War in der zweiten Klasse. Du warst der König der Tadel und sie die Pioniervorsitzende der Klasse. Tolles Paar.«

Er lachte. Dann wurde er wieder ernst.

»Ich glaube, es war in der achten Klasse, da ist sie total ausgeflippt. Ist Punk geworden und wenig später von zu Hause ausgerissen. Keiner wusste den Grund. Wir haben nie wieder was von ihr gehört.«

Kos stand erst regungslos da, ließ das Gesagte sacken. Dann fing er an zu lächeln.

Cornelia ist schuld, oder einer dieser Tage

Es war Mittwochnachmittag. Die Schule war aus und ihm war langweilig. Alle hatten irgendetwas zu tun. Es gab diese Arbeitsgemeinschaften in der Schule. AG Biologie, AG Physik, AG Mathe. Am ehesten hätte ihn Biologie interessiert. Er hatte ein Aquarium. Aber er fand es ganz schön bekloppt, bei der Hitze über einer Rechenaufgabe zu brüten oder sich dämliche Pflanzen anzusehen. Er sah darin keine Notwendigkeit. Klar, er könnte Hausaufgaben machen. Aber dazu hatte er erst recht keine Lust. Kurz entschlossen lief er zur Kaufhalle, um dort durch die Gänge zu schlendern, was er öfter tat, vor allem jetzt an den heißen Sommertagen. Die Kaufhalle war angenehm kühl und außerdem konnte er vielleicht auch noch eine Packung Zigaretten organisieren. Seine Schachtel war fast alle. Dort angekommen, wanderte er umher. Blickte sich um, sah in die laut brummenden, fast leeren Tiefkühltruhen. Reste mit Waffeleis »Moskauer Art«, einmal im blauen Papier für 60 Pfennig und dann das Gelbe für eine Mark. Koslowski aß das Gelbe am liebsten. Das war mit Milchfett, das Blaue mit Pflanzenfett. So stand es jedenfalls auf der Papierverpackung. Und dann waren da noch verbeulte Kartons, in denen sich so etwas wie Fischbuletten befanden. Früher gab es noch Fischstäbchen, die hatte er gern gegessen mit Kartoffelbrei. Doch irgendwann waren die auf einmal aus den Tiefkühltruhen verschwunden, gab es sie nicht mehr. Sein Kumpel Frank meinte, die werden jetzt alle in den Westen verscheuert. Für Devisen. Er hatte da seine Zweifel. Warum sollten die Fischstäbchen aus der DDR wollen, wo die doch richtige Burger hatten?

Er betrachtete die Regale mit den verschiedensten Gemüsebüchsen, rote Beete Gläsern und Tempolinsen. Die hätte man an den Westen verscherbeln sollen und nicht die Fischstäbchen, fand er. Dann stand er vor dem Kühlregal mit Behältnissen, in denen ausgelaufene Tütenmilch schwamm, Joghurt, der an Wackelpudding erinnerte und den Käsesorten, die Dauergäste in den Regalen waren. Harzer Roller und Rügener Badejunge, der jämmerliche Versuch eines Camemberts.

Neugierig lief er die kurze Regalreihe entlang, in der der Schnaps stand. Da fiel ihm diese eine Flasche auf. Sie hatte einen ausgefallenen Flaschenhals, der an einen Zwiebelturm von russischen Kirchen erinnerte. Und außerdem stand ganz oben auf dem schmalen Etikett: ein Wodka für Kenner. Der muss ja gut sein, fand er. Er griff die Flasche aus dem Regal. Auf dem Label prangte der Schriftzug: Lunikoff Wodka. Sie kostete 13,50 DDR Mark und hatte 40 % Alkohol und stand gleich neben einer kleineren Flasche, auf dem »Prima Sprit« zu lesen war. Die hatte 95 % und kostete 17,60. Warum der Kohlenanzünder teurer war und auch noch im Schnapsregal stand, erschloss sich Koslowski nicht. Zumal es hier weit und breit keine Wohnungen mehr mit Kohleheizung gab. Vielleicht war es aber auch Grillanzünder. Versteh einer die Logik, dachte er. Spontan stopfte er die Flasche Lunikoff Wodka in seinen Rucksack, den er als Schulranzen nutzte. Er sah sich um. Niemand schien etwas gemerkt zu haben. Selbst wenn, es war ihm eigentlich egal. Er wäre einfach losgerannt. Betont unauffällig ging er zum Ausgang. Die dicke blonde Kassiererin sah ihm gelangweilt hinterher. Erst draußen fiel ihm auf, dass er die Zigaretten vergessen hatte.

Mit der Beute im Rucksack lief er nach Hause. Bevor er die Abstellkammer aufsuchte, jede Familie im Wohnblock hatte eine, musste er noch zum Briefkasten. Er tat das immer, wenn er Post von der Schule erwartete, die eigentlich an seinen Vater gerichtet war. Die einzelnen Briefkastenfächer waren mit Schlössern in den schmalen Türklappen gesichert. Er hatte keinen Schlüssel dafür, aber einen Flaschenöffner. Damit hebelte er einfach den ganzen Rahmen samt Klappen komplett aus. Es war kein Brief drin. Nur das »Neue Deutschland«, die Lektüre seines Vaters. Er sah noch in die Fächer der anderen Mieter nach etwas Brauchbaren. Fand aber nichts. Er drückte den Rahmen wieder in den Korpus.

Die Abstellkammern befanden sich in den Fluren der vierten und der siebenten Etage des Elfstöckers. Die Flure verbanden auch die Hausaufgänge miteinander. Man hatte so die Möglichkeit, direkt von Haus 183 in das Haus 184 zu gehen, ohne Umweg über die Straße. Sie wohnten in der neunten Etage, deswegen befand sich ihre Kammer in der siebenten. Dort hatte sein Vater das Klappfahrrad, Werkzeug, den Schlitten, Weihnachtsbaumschmuck und etwas Vorräte untergebracht. Er schloss die Abstellkammer auf und zwängte sich, zwischen Klappfahrrad und Vorratsregal hinein. Nachdem er das Licht angemacht und die Tür geschlossen hatte, nahm er den ersten heimlichen Schluck. Ihm blieb die Luft, dann die Stimme weg. Damit hatte er nicht gerechnet. Ein Gefühl wie bei seiner ersten Zigarette, die er mit knapp sieben Jahren geraucht hatte. Damals musste er erst husten, dann wurde ihm schlecht. Schlecht wurde ihm diesmal nicht. Schon mal eine Verbesserung, dachte er. Der Wodka brannte in seinem Hals, und richtig schmecken tat er auch nicht. Die Flasche versteckte er hinter den Letschogläsern, die sein Vater immer hortete, wenn es sie zu kaufen gab. Die wichtigste Grundzutat eines der Sonntagsessen, die sein Vater kochen konnte: Letscho mit Reis. Manchmal auch mit Fleischklößchen drin. Er wollte den Wodka erst wieder hervorholen, wenn er genug Mitstreiter gefunden hatte. Vielleicht heute Abend. Allein trinken machte einfach keinen Spaß.

Der Nachmittag zog sich zäh in die Länge. Doch der Abend kam. In den Fenstern der Hochhäuser spiegelte sich das strahlend warme Licht der Abendsonne. Koslowski hatte Abendbrot gegessen. Der Sandmann war vorbei und sein Bruder Boris wurde von dessen Mutter ins Bett gebracht. Für Koslowski das Signal zum Aufbruch. In seinem Zimmer, dass er sich mit seinem neun Jahre jüngeren Bruder teilen musste, konnte er sich nicht mehr aufhalten, da Boris schlafen sollte, und im anderen Zimmer, dem sogenannten Essen-und Wohnzimmer lief die »Aktuelle Kamera«, darauf hatte er keine Lust. Er verließ die Wohnung und schaute noch einmal bei der Abstellkammer vorbei, um wieder einen Schluck aus der Wodkaflasche zu nehmen. Der Wodka brannte nicht mehr, machte aber leicht schummrig. Dünn, schlaksig und die Brille, mit seinem Hemd putzend, lief er die Treppen hinunter. Unten angekommen setzte er die Brille auf und zündete sich eine Zigarette an. Er wartete. Hoffte, seine beiden Kumpel würden auftauchen. Er sah auf die Uhr. Sie zeigte kurz nach 19.30 Uhr. Stimmen ertönten, es kam wieder Leben in die Straße. Unter den Vordächern der Hauseingänge versammelten sich die Jugendlichen, die von ihren Eltern unter missionarischer Mithilfe des TV-Programms aus der Wohnung getrieben wurden. Irgendwer in der Gruppe hatte immer einen Kassettenrekorder dabei. Und die, von den älteren Mietern als Beatmusik verpönte Musik, wurde in größtmöglicher Lautstärke, die so ein Plastikrekorder hergab, gehört.

»Was willst du denn hier, Koslowski?«, fragte einer der beiden Zwillinge in einem herablassenden Ton, als Koslowski an einem der Hauseingänge vorbeischlenderte. Es war klar, er war nicht erwünscht. Koslowski war überrascht. Sie kannten seinen Namen. Er ihre nicht, obwohl die beiden Zwillinge Stars waren. Sie hatten in dem TV-Mehrteiler »Aber Vati« die Hauptrollen gespielt. Jeder Junge hier im Viertel, außer ihm, suchte ihre Bekanntschaft und zu seinem Leidwesen auch die

Mädchen. Die Zwillinge hatten schulterlanges Haar und Jeansjacken, von beidem konnte er nur träumen. Er zuckte als Antwort nur mürrisch mit den Schultern, sah schweigend zu ihnen hinüber. Das eine Mädchen, das in der Gruppe bei den Zwillingen stand, hieß Cornelia. Koslowskis heimliche Liebe. Sie ging in seine Klasse und hatte schon richtige Brüste. Nicht auch sie, dachte er. Dann hörte er diesen Song aus dem Kassettenrekorder. Er kannte ihn, ein Rolling Stones Song. Sympathy for the Devil. Er wusste nicht genau, was es war, was den Schalter in diesem Moment umlegte. War es das alberne Gekicher von Cornelia, die abschätzigen Blicke der beiden Zwillinge oder die besitzergreifende Art, wie der ältere der beiden seinen Arm um Cornelia legte. Oder nur der Alkohol. Jedenfalls fühlte er sich bemüßigt laut zu sagen: »Hört ihr immer so 'ne Scheiß Musik? Habt ihr nichts Besseres auf Lager?«

Eines der Mädchen kicherte und wagte zu sagen: »Ja, ABBA wäre toll.«

Nach den Blicken, die aus der Runde kamen, senkte sie die Augen und zog es vor, von da an zu schweigen.

Der eine von den Zwillingen sah ihn mit verkniffenen Augen an.

Der andere sagte: »Das sind die Rolling Stones, du Idiot!«

Ein bisschen Verunsicherung schwang in seiner Stimme mit, als hätte er sich verhört. So etwas konnte

Koslowski doch nicht gesagt haben. Alle in ihrer Gang fanden die Stones gut.

»Ja und? Scheiß drauf! Die Beatles sind besser, das sind die wahren Könige.«

»Bist du total bescheuert? Die Beatles sind langweiliger Scheiß. Nimm das sofort zurück!«

»Vergiss es.«

»Willst du was in die Fresse, Koslowski?«

»Keine großen Töne spucken, einfach herkommen«, erwiderte Koslowski. Seine Augen blitzten kampfeslustig hinter der Brille. Er musste nicht lange warten. Die beiden Zwillinge sprangen von dem Geländer, auf dem sie gesessen hatten, und bauten sich vor ihm auf. Sie waren einen halben Kopf größer, zwei Jahre älter und in den Schultern eindeutig breiter. Der Rest der Gruppe sah interessiert zu. Auch Cornelia.

Koslowski hielt sich nicht lange auf. Er drosch dem einen seine Faust ins Gesicht. Den anderen verfehlte er allerdings knapp. Der ihn dafür nicht. Zwei harte Schläge und Koslowskis Brillenglas splitterte und zerschnitt ihm die Augenbraue. Stolpernd ging er zu Boden. Er blutete wie ein abgestochenes Tier. Erschrocken hielten die Zwillinge inne.

»Glotzt nicht so blöd, helft mir lieber meine Brille suchen«, blaffte Koslowski die beiden an, während er sich wieder aufrappelte. Brav folgten sie seiner Anweisung. Wobei der, den Koslowski mit dem ersten Schlag getroffen hatte, sich die blutende Nase hielt. Die Brille lag ein paar Meter weiter. Sie reichten sie ihm. Das

Gestell war verbogen und ein Glas fehlte. Aus einem der oberen Stockwerke kam ein Paket Zellstoff gesegelt. Koslowski riss es dankbar auf und hielt sich ein Zellstofftuch an die blutende Wunde. Der Zwilling ein anderes an seine blutende Nase. Koslowski sah einäugig in die Runde, hatte gehofft, seine heimliche Liebe würde wegen seiner Verletzungen zu ihm kommen. Aber das war wohl nur in amerikanischen Filmen so. Der sozialistische Realismus sah anders aus. Cornelia hakte sich bei dem zwei Minuten älteren Zwilling ein, der, den Koslowski nicht erwischt hatte, und stakste mit ihm davon. Ihn würdigte sie keines Blickes. Der jüngere Zwilling, die Nase hatte inzwischen aufgehört zu bluten, und der Rest der Gruppe liefen langsam hinter ihrem Anführer her. Sie gingen zu den Tischtennisplatten und lachten. Koslowski stand wieder allein auf der Straße.

Einen Moment später kamen seine zwei Freunde auf ihn zu. Frank und Thomas. Frank war schon ein Jahr älter und ging bei Koslowski in die Klasse. Er war in der vierten Klasse sitzengeblieben. Thomas wohnte zwei Aufgänge weiter.

»Siehst echt Scheiße aus. Aber trotzdem, dem hast du's gegeben«, sagte Thomas.

»War blöd, dass die zu zweit waren. Um was ging es eigentlich?«, fragte Frank.

Koslowski antwortete nicht. Stattdessen sagte er: »Ich hab Wodka. Habt ihr Bock drauf?«

Natürlich hatten sie.

»Wo hast du den her?«

»Aus der Kaufhalle. Stand im Regal neben dem Kohlenanzünder.«

»Und die an der Kasse hat nicht gemeckert? Ich meine, du bist erst dreizehn.«

Koslowski sah ihn verständnislos an. Dann verbesserte er Thomas: »Erst mal bin ich fast vierzehn und natürlich hab ich den nicht gekauft.«

Frank rollte verstehend die Augen. Bei Thomas dauerte es einen kleinen Moment länger.

»Ich besorg uns ne Club Cola und Becher. Wir treffen uns wieder hier«, sagte Thomas und eilte davon.

Es dauerte nur wenige Minuten, dann war er zurück. Gemeinsam gingen sie den Wodka holen.

»Lass uns rüber zur Oderbruchkippe gehen. Da haben wir unsere Ruhe«, sagte Frank.

Zweieinhalb Stunden später kam Koslowski mit blassem Gesicht und schwankenden Schrittes nach Hause. Er zog sich das zerrissene, mit Blutflecken verschmierte Hemd aus. Unter der zerschnittenen Augenbraue zierte ein Veilchen sein Auge, die Oberlippe war aufgeplatzt und geschwollen. Seine Stiefmutter kam aus dem Wohnzimmer und sah ihn erschrocken an. Dann bemerkte sie das Hemd und griff danach. Sie seufzte.

»Das Hemd krieg ich nicht genäht und die Blutflecken gehen auch nicht mehr raus. Das können wir nur wegschmeißen. Weißt du, wie teuer das ist?«

»Du solltest mal den Anderen sehen«, erwiderte Koslowski trotz der offensichtlichen Niederlage mit Stolz in der Stimme. Es interessierte sie nicht.

»Geh dich waschen. Und wenn morgen dein Vater von der Dienstreise zurückkommt, sag ich es ihm.«

»Mach das, du blöde Kuh. Als ob ihn das interessieren würde.«

Sie wurde blass, ihre Unterlippe fing an zu zittern. Dann rannte sie ins Bad, knallte die Tür hinter sich zu und fing an zu weinen. Er hörte, wie sie wütend eine Schüssel in die Wanne schmiss.

Er sah hilflos zur Badtür. Fühlte sich mies. Dann gewann der Trotz die Oberhand. Sollte sie doch heulen. Ihm war es egal. Er ging in das Zimmer, welches er sich mit seinem vierjährigen Stiefbruder teilte. Der schlief schon friedlich im unteren Bett des Doppelstockbettes. Er brauchte kein Licht anzumachen. Das Aquarium mit den Buntbarschen darin spendete genug Licht. Koslowski war schwummrig, wusste noch nicht, ob er es in die obere Etage schaffen würde. Aber erst mal holte er den Kassettenrekorder hervor und den Pappkarton mit den Kassetten. Er hatte schon fünf. Alles BASF Kassetten, eingetauscht gegen ein Bravoposter von den Bay City Rollers, dass er von seiner Großmutter geschenkt bekommen hatte, die auf Grund ihres Alters in den Westen fahren durfte. Vier davon waren mit Musik von den Rolling Stones. Keine von den Beatles, die konnte er nicht leiden. Sie waren ihm zu brav. Er legte das Album Beggars Banquet ein. Mit dem Kassettenrekorder bewaffnet, stieg er die Leiter hoch und kroch in sein Bett. Er setzte die Kopfhörer auf und drückte die Abspieltaste. Sympathy for the Devil erklang. Das

Karussell drehte sich. Kurz danach wurde ihm schlecht. Er beugte sich über das schmale Geländer und kotzte seinem schlafenden Stiefbruder aufs Bett. Er verfehlte dessen Gesicht nur knapp. Er überlegte kurz, ob er es bis zum Klo schaffen würde, bevor der nächste Würgereiz im Anmarsch sein würde. Er fand, es war ein Versuch wert. Er stieg mit wackligen Knien die Leiter hinunter und merkte: Zum Klo schaffte er es nicht. Er hielt sich die Hand vor den Mund, machte die zwei Schritte zum Aquarium, schob mit der anderen Hand den Deckel beiseite und kotzte hinein. Die Barsche schwammen aufgeregt umher, probierten das unverhoffte Futter. Während er ins Aquarium kotzte, richtete sich sein vierjähriger Bruder im Halbschlaf auf und murmelte: »Ich hab deine Fische schon gefüttert.«

Dann legte er sich wieder hin, zog die Decke hoch und drehte sich um.

Koslowski sah überrascht zu ihm hin. Es dauerte ein wenig, bis er begriff, wollte lachen, aber der nächste Würgereiz verhinderte es, und so hing er mit dem Gesicht wieder über dem Aquarium.

Am nächsten Tag war ihm immer noch schlecht, das Gesicht leichenblass. Seine Stiefmutter steckte ihm ein Fieberthermometer in den Mund und schrieb einen Entschuldigungszettel für die Schule.

Außer Koslowski fehlten auch Frank und Thomas in der Schule. Man munkelte: Grippe.

Erna

Es war wieder einer dieser nutzlosen Samstage. Die Plattenbauten standen anonym und trotzig da. Gleichförmige Fassaden, ab und zu ein paar geöffnete Fenster. Die Gardinen hingen kraftlos herunter. Kein Windhauch regte sich. Die Schule hatte vor einer halben Stunde ihre Tore geschlossen. Hausmeister Redlich nahm seine Aufgabe sehr ernst und Pünktlichkeit war ihm wichtig. Er war ein kleiner, runder, glatzköpfiger Kerl mit dem seltsamen Hang, nach jedem Satz ein »ähem« hinten anzuhängen. Eine zweite Eigenheit: Er war der Meinung, jede Frau, die ihn nur halbwegs freundlich ansprach, war zwangsläufig in ihm verliebt. Zumindest interpretierte er es so und erzählte es jedem, ob der es wissen wollte oder nicht. Natürlich nicht, ohne das obligatorische »ähem« dranzuhängen. Es gab nicht mehr viele, die ihm noch zuhörten.

Redlich hatte die Überprüfung abgeschlossen. Still und verlassen lag die Schule da. Ihre Besucher hatten sich eilig in alle Richtungen verzogen. Nur einer nicht, das machte Redlich misstrauisch. Blond und schlaksig lungerte der Junge unschlüssig vor dem Gebäude herum. Die Schule war neu, wie auch das Wohngebiet. Innerhalb von zwei Jahren aus dem Boden gestampft. Ihr Aussehen hatte allerdings schon etwas gelitten. Nur fand der Junge es unfair, dass der Hausmeister allein ihm dafür die Schuld gab, bloß weil er einmal Räucherkerzen angezündet hatte und die Feuerwehr anrücken musste.

Eine Mitschülerin hatte dann nach dem Alarm, als der Schuldige gesucht wurde, mit dem Finger auf ihn gezeigt. Seitdem stand er unter stetiger Beobachtung des Hausmeisters.

Redlich sah beim Verlassen der Schule finster zu dem Jungen. Dann schüttelte er zum Abschied drohend die Faust und rief: »Koslowski, wag es ja nicht!«

Koslowski nahm es schulterzuckend zur Kenntnis. Mit gelangweiltem Blick begann er sich die Brille zu putzen. Er wusste nichts mit sich anzufangen, wollte nicht nach Hause. Dort warteten um diese Zeit, wie jeden zweiten Samstag, matschige Spagetti mit einer orangeblassen Soße von merkwürdiger Konsistenz. Zusammengerührt aus Wasser, Mehl und Tomatenmark. Die derzeitige Langzeitfreundin seines Vaters, Birgit, beherrschte nur zwei, drei Gerichte. Spagetti mit Tomatensoße war eins davon. Auch ihre Kenntnisse über Gewürze waren nicht sehr tief. Ihr reichten drei: Salz, Pfeffer und süßer Paprika. Sie schien nicht vorzuhaben, an diesem, wie Koslowski fand, bedauerlichen Zustand, etwas zu ändern. Nach solchen Samstagen freute er sich auf den Montag, auf das Schulessen, was einiges über die Kochkünste seiner Stiefmutter aussagte. Allerdings musste er zugeben: Backen konnte sie. Wenn auch immer nur dieselbe Käsetorte. Aber die schmeckte. Sonntags kochte sein Vater, abwechslungsreicher und besser. Nur war heute nicht Sonntag und sein Vater nicht da. Er war auf Dienstreise, wie so häufig.

Als Birgit vor vier Jahren mit in die neue Wohnung gezogen war, hatte sie auch ihren zweijährigen Sohn mitgebracht. Seitdem teilte er sich ein Zimmer mit ihm. Er hätte gern ein eigenes gehabt, wie früher. Aber sein Vater beschloss, die Dreiraumwohnung in ein Schlafzimmer, ein Wohn- und Esszimmer und in ein Kinderzimmer aufzuteilen. Koslowski mochte seinen Bruder. Aber an den langen Samstagnachmittagen konnte der ein Quälgeist sein, wollte ständig beschäftigt werden. Sein Bruder war jetzt fünf Jahre alt und er vierzehn und heute hatte er keine Lust auf Kinderbespaßung. Keine Lust auf ihn, keine Lust auf diese dämlichen Spagetti. Er wollte einfach mal für sich sein. Die Gelegenheit hatte er selten genug.

So in Gedanken versunken lehnte er am Zaun, als ihn eine singende Stimme aus den Gedanken riss. Eine Frauenstimme. Sie trällerte laut und voller Inbrunst: »Siebenmal Morgenrot, siebenmal Abendrot, dann komm ich wieder, ja, dann komm ich wieder…« Der Gesang endete abrupt in einem röchelnden Husten.

Diese Fistelstimme kannte er. Sie gehörte Erna. Ob sie wirklich so hieß, wusste er nicht. Die anderen Jungs nannten sie so. Ihr Alter war schwer zu bestimmen. Früher war sie eine schöne Frau gewesen. Sagte man. Wann das Leben entschied, ihr die Schönheit zu nehmen, ist nicht bekannt. Auch nicht, ob es langsam in Milde geschehen war oder plötzlich ohne Übergang. Letztendlich war es nicht wichtig. Wie man an ihrem fröhlichen Gesang erkennen konnte, machte sie gerade aus ihrem

Leben keine Mördergrube. Für Koslowski war sie eine alte Frau. Um die sechzig. Eigentlich schon tot mit einem Zettel am Zeh. Wenn nicht ihre Augen gewesen wären. Klar, blau und munter.

Sie war gerade aus der Kaufhalle gekommen. Die dünnen, strähnigen Haare waren rot gefärbt und fettig. Der Haaransatz grau. Ihre Frisur mit den angeklebten Löckchen in der Stirn erinnerten Koslowski an dieses kitschige Ölbild, was es in den Kunstgewerbeläden zu kaufen gab. Das Porträt einer stolzen, feurigen Spanierin oder Zigeunerin mit schwarzen Ringellöckchen auf Stirn und Schläfen. In der Hand einen Fächer. Es stand meistens in der Auslage im Schaufenster oder hing gleich neben Kunstdrucken in goldenen Plastikrahmen, wie Spitzwegs »Bücherwurm« oder »Der arme Poet«, an den Wänden. Ernas Frisur war nicht ganz so geglückt. Es scherte sie nicht.

Blasshäutig, mit nackten dürren, von Krampfadern gezeichneten Beinen, die aussahen wie ausgebleichte Landkarten voll dunkelblauer fast schwarzer Flüsse, stöckelte sie singend durch die Straße. In der Hand einen Stoffbeutel mit Bierflaschen. Unverkennbar, diesmal hatte sie ihr Bier selber gekauft. Ungewöhnlich, fand Koslowski. Eigentlich übernahm das sonst immer einer der Jungs aus ihrem Haus. Meist Andreas Rössler oder dessen Freund, ein schielender Junge mit Segelohren, der in dem Haus fünf Stockwerke höher wohnte. Er hatte sich den Namen des Jungen nie gemerkt. Erna wohnte Parterre. Sie brauchte das Bier wegen ihres Nierenleidens. Sie erklärte es ihnen immer wieder und sehr einleuchtend. Viel warmes Bier, um die Nieren zu spülen. Wenn die Jungs das Bier für sie holten, bekamen sie auch immer eine Flasche ab. Manchmal auch zwei. Einmal war er auch dabei. Danach fand er es nicht mehr so spannend. Ernas Wohnung stank nach kaltem abgestandenen Zigarettenrauch. Die ehemals weißen Vorhänge waren vergilbt. Und das warme Bier schmeckte widerlich. Den anderen Jungs schien es nichts auszumachen. Sie hingen da rum, mal einzeln, mal zu zweit oder sogar zu dritt und Erna freute es, hatte sie doch Gesellschaft. Koslowski stellte Vermutungen an, warum sie das Bier heute selber gekauft hatte. Die einfachste Erklärung: Andreas oder einer der anderen Jungs konnten nicht, saßen mit ihren Eltern beim Mittagessen und Ernas Biervorrat war zu einem ungünstigen Zeitpunkt zur Neige gegangen.

Er sah der singenden Gestalt hinterher, wie sie in ihrem blauen Nylonkittel und nackten Oberarmen um die Ecke bog, und überlegte, was er jetzt unternehmen könnte. Ihm fiel nichts ein. Kurzentschlossen lief er ihr hinterher. Nach wenigen Sekunden hatte er sie eingeholt.

»Hallo Erna«, rief er. Sie drehte sich um und musterte ihn. »Meinst du mich, Junge?«

Er nickte.

»Aber ich heiße nicht Erna, mein Name lautet Olivia.« Sie sah ihn dabei fröhlich an.

Koslowski wurde rot. Über ihr Gesicht huschte ein erkennendes Lächeln. Sie zog dabei die schmalen, grellrot geschminkten Lippen seltsam über die Zähne. Sie wollte die Lücken, die die zwei abgebrochenen Zähne hinterlassen hatten, nicht entblößen.

»Schau an, die Schule schon aus?«, fragte sie ihn.

Er nickte wieder.

»Scheinst nicht viel zu reden, was?«

Sie sah ihn forschend an. Er blieb stumm. Ein wissendes Lächeln trat in ihr Gesicht.

»Du willst nicht nach Hause«, stellte sie fest, dabei schaukelte ihr Kopf leicht. »Dann kannst du mir ja tragen helfen.«

Koslowski sah zu dem Beutel in ihrer sehnigen Hand mit den knochigen Fingern und den rot lackierten Fingernägeln, wovon einer, der des Zeigefingers, abgebrochen war, und wollte schon zupacken, als sie sagte: »Nee, nee. Warte!«

Sie kramte aus dem Beutel mit den Bierflaschen ein kleines Einkaufsnetz, das aus extrem dehnbarem Material bestand. Koslowski kannte diese Art Netz. Sie hatten auch eins zu Hause. Er nutzte es gern als Schleuder mit zwei, drei Kartoffel darin. Es machte beim Schleudern so ein schön summendes Geräusch.

»Jetzt kannst du ihn nehmen.«

Sie reichte ihm den vollen Beutel und sagte: »Warte hier. Ich hol noch etwas Nachschub. Muss ich doch ausnutzen, jetzt, wo ich so eine starke helfende Hand habe.«

Sie tätschelte ihm den Oberarm. Dann eilte sie davon. Sie hatte nicht mehr viel Zeit. Die Kaufhalle schloss um 13.00 Uhr. Es dauerte eine knappe viertel Stunde, da kam Erna wieder um die Ecke gestöckelt. Das Netz war voller und schwerer als der Beutel, den der Junge hielt. Sie tauschten.

In ihrer stickigen Wohnung angekommen, stellte sie den Beutel in der Küche ab, während er das Netz ins Wohnzimmer bringen sollte. Im Zimmer waren die vergilbten, steifen Gardinen zugezogen. Trotzdem drang Sonnenlicht herein. Tote Fliegen lagen auf dem Fensterbrett, die Beine starr nach oben gestreckt. Staub tanzte flirrend und golden im Licht. An der Decke Stockflecken und sich lösende Tapete. Er stellte das Bier auf dem ausgeblichenen, stark abgewetzten Teppich ab, der die Mitte des Raumes zierte. Ein Erbstück, das in den 1920er Jahren sicher sehr prachtvoll ausgesehen hatte. Koslowski stand unschlüssig herum, als sie das Zimmer mit einem Flaschenöffner in der Hand betrat.

»Steh nicht in der Gegend rum. Setz dich«, forderte sie ihn auf.

Er setzte sich in den Sessel vor dem Fenster.

»Nicht da, da sitze ich.«

Erschrocken sprang er wieder auf und setzte sich in den anderen Sessel. Er versank darin. Sie polkte zwei Flaschen »Helles« aus dem Netz und reichte sie Koslowski zusammen mit dem Flaschenöffner herüber. Der Flaschenöffner hatte einen Griff aus Hirschgeweih.

»Hier, mein Kavalier«, sagte sie mit dem Versuch eines neckischen Lächelns.

Für einen kurzen Moment zeigte sich ihre Zahnlücke. Er konnte die Art ihres Lächelns nicht deuten und fing an, sich etwas unbehaglich zu fühlen.

»Mach schon«, forderte sie ihn auf, als er sich nicht rührte. Er nahm die Flaschen entgegen und fragte zögerlich: »Kann ich ein kaltes haben?«

Erna sah ihn erstaunt an.

»Hab ich nicht. Aber weißt du was, wir packen zwei Flaschen in das 3-Sterne-Fach vom Kühlschrank. Dauert nicht lange, dann sind die kalt. Ich darf ja kein kaltes Bier trinken, du weißt ja, wegen meiner Nieren.«

Er nickte.

»Und jetzt öffne endlich die Flaschen«, forderte sie ihn auf, während sie sich umdrehte, um zur Küche zu gehen.

Einen Moment später hörte er sie dort hantieren. Seufzend öffnete er die beiden Flaschen. Er wusste, ihm blieb nichts anderes übrig. Aber immer noch besser als die Spagetti seiner Stiefmutter. Er stellte die offenen Flaschen auf dem staubigen Tisch ab, gleich neben dem vollen Aschenbecher. Wieder wurden Staubpartikel hochgewirbelt, die anfingen, in der Luft zu tanzen. Erna kam zurück und setzte sich in ihren Sessel. Sie griff nach der Flasche, hielt sie hoch und sagte: »Prost, auf meinen Vater.«

Koslowski sagte auch: »Prost.«

Dann tranken sie. Ernas Flasche war nach dem Absetzen fast leer. Koslowski nuckelte nur kurz daran. Er hatte seit dem Frühstück nichts mehr in den Magen bekommen.

»Warum auf deinen Vater?«

»Er hat heute Geburtstag. Ist 85 geworden.«

»Besuchst du ihn noch?«

»Nein, der Friedhof ist in Stahnsdorf. Zu weit weg. Aber bevor ich sterbe, werde ich ihn noch mal besuchen.«

»Oh«, entfuhr es Koslowski. »Er ist tot. Das habe ich nicht gewusst.«

»Woher auch.«

Sie trank den Rest aus der Flasche und deutete zum Teppich, wo die anderen Bierflaschen standen. Koslowski stand auf und holte eine, während sie aus ihrem Nylonkittel, von rasselndem Husten begleitet, eine Schachtel »Casino« hervorholte.

»Du willst kein neues Bier?«, fragte sie, als sie sah, dass er nur eine Flasche auf den Tisch abgestellt hatte.

»Ich hab noch.«

»Dann halt dich mal ran, mein Junge.«

»Ich kann nicht so schnell.«

Sie musterte ihn lächelnd. »Das lernst du schon noch, glaub mir.«

Sie hielt ihm die Zigarettenschachtel hin. Umständlich nahm er sich eine Zigarette heraus. Als sie sich eine nahm, sah es eleganter aus. Er griff zur Streichholzschachtel, die auf dem Tisch neben dem vollen Aschenbecher lag, zündete ein Holz an und gab ihr Feuer. Gemeinsam lehnten sie sich zurück, nahmen den ersten Zug. Es hatte etwas Magisches. Die Zeit schien angehalten. Tanzender Staub vermengte sich mit wirbelndem Rauch. Koslowski schloss die Augen und genoss die Stille, die Ruhe, die seltsame Stimmung. Dann hörte er, wie sie sich räusperte. Er schlug die Augen auf. Sie sah ihn auffordernd an. Und er wusste, was zu tun war. Er öffnete die Flasche und reichte sie ihr. Sie nahm sie entgegen und sagte wieder: »Prost.«

Diesmal war die Flasche noch halbvoll, als sie sie wieder absetzte. Er bemühte sich, hinterherzukommen. Sie musterte ihn dabei vergnügt. Plötzlich stand sie auf und ging zur Schrankwand, die die ganze gegenüberliegende Wand einnahm. Sie zog eine der riesigen Schubladen auf, kramte kurz darin und fand, was sie gesucht hatte. Ein Fotoalbum. Sie setzte sich wieder und fing an zu blättern, lächelte dabei seltsam entrückt, fast selig. Dann reichte sie ihm das Album herüber, wobei sie mit dem nikotinverfärbten Zeigefinger auf das Foto zeigte. Es war ein schwarz-weiß Foto und zeigte einen Offizier in Wehrmachtsuniform neben einem deutschen Panzer. Im Hintergrund brannte ein russischer Panzer. Tote lagen im Schnee.

»Dein Vater war ein Nazi?«, entfuhr es Koslowski.

Erna schien das zu amüsieren. »Was bringt man euch nur in der Schule bei. Gut, böse. Schwarz, weiß?«

Der Junge sah sie fragend an, verstand nicht. Sie schüttelte den Kopf, zog dann wieder heftig an der Zigarette.

»Es gab nicht nur überzeugte Nazis. Es gab auch Soldaten, die nur Befehle befolgten, weil sie nichts anderes gelernt hatten. Es gab auch ganz normale Menschen«, sagte sie, dabei den Zigarettenrauch ausblasend. »Und Mitläufer. Die wirst du auch noch kennenlernen. Das sind manchmal die Schlimmsten.«

Er grübelte über ihre Worte nach. Mit dem Begriff Mitläufer konnte er nichts anfangen. Wollte aber auch nicht nachfragen. Auch nicht, zu welchen der Aufgezählten ihr Vater gehört hatte.

Er reichte ihr das Album zurück. Sie nahm es, legte es langsam auf den Tisch und sah ihn nachdenklich an.

»Er war in Stalingrad. Ist dann schwer verwundet mit einer der letzten Maschinen ausgeflogen worden. Das hat ihm das Leben gerettet. Seinem Kommandeur nicht. Der hatte sie immer wieder sinnlos nach vorn gejagt, trotz der hohen Verluste. Immer wieder, immer wieder. Mein Vater hat viele Freunde, Kameraden verloren. Sein Kommandeur wollte unbedingt das Eiserne Kreuz. Bekommen hat er dann eins aus Holz.«

Ihre Stimme klang leise.

»Zwei Nächte bevor mein Vater verwundet wurde, hat er seinem Kommandeur von hinten in den Kopf geschossen. Im Regimentsstab vermuteten sie einen russischen Scharfschützen.«

Er sah sie entsetzt an. Schwieg. Was sollte er auch sagen.

»Mein Vater hat es mir kurz vor seinem Tod erzählt. Ich bisher keinem. Ich wollte es mit ins Grab nehmen. Werd's auch nie wieder jemandem erzählen. Warum ich ausgerechnet dir das erzählt habe, weiß ich nicht.«

Sie sah verwundert aus und verletzlich. Sie schüttelte sich kurz, griff zur Flasche und sagte: »Du kannst jetzt ruhig auf sein Wohl trinken. Nach dem Krieg war er ja Kommunist.«

Der Junge zögerte, sagte aber dann: »Prost.«

Sie stießen an. Erna lächelte zufrieden. Sie legte ihre Zigarette auf dem Aschenbecher ab.

»Und jetzt trink aus. Ich hol dir ein kaltes Bier aus dem Kühlschrank.«

Als sie aus der Küche zurückkam, stellte sie das eiskalte Bier auf den Tisch und nahm sich selber ein neues warmes vom Fußboden. Ihre Zigarettenkippe war inzwischen ausgegangen. Seine hatte er aufgeraucht und drückte den Zigarettenstummel nun vorsichtig in dem übervollen Aschenbecher aus. Dann griff er sich die beiden Flaschen und öffnete sie. Sie prosteten sich zu. Nach einigen Schlucken fragte er: »Erna, wo ist…« Weiter kam er nicht.

»Olivia, Schätzchen. Olivia.«, unterbrach sie ihn sanft mit einem kleinen Schluckauf. Er wurde wieder rot.

»Olivia«, verbesserte er sich, »wo ist denn das Klo. Ich muss mal.«

»Im Flur die nächste Tür rechts.«

Als er wenig später das Wohnzimmer betrat, sah er Erna, die eigentlich Olivia hieß, in ihrem Sessel sitzen. Auf dem Schoss, aufgeschlagen das Familienalbum. Vor sich die fast leere Bierflasche. Ihr Mund stand leicht offen. Der Atem ging rasselnd. Sie schlief. Er lief zum Tisch, nahm das kalte Bier und trank es aus. Vorsichtig stellte er die leere Flasche ab. Er sah noch einmal zu ihr hin. Wie sie so da zusammengekauert im Sessel saß, sah sie sehr zerbrechlich aus. Irgendwo summte eine Fliege umher. Leise verließ er die Wohnung und schloss dabei sanft die Tür. Koslowski hat Erna nie wieder besucht. Sie starb ein Jahr später. Immer wieder fragte er sich, ob sie es noch mal geschafft hatte, ihren Vater zu besuchen und was der wohl für ein Mensch gewesen war. Die Antworten würde er nie bekommen.

Der Farbfernseher

Otto holte umständlich den kleinen Zettel aus der Hosentasche und betrat die Telefonzelle. Er wählte die Nummer, die ihm sein Kumpel Arnold gestern Abend im ›Oderkahn‹ gegeben hatte. Der ›Oderkahn‹ war Ottos Stammkneipe in der Oderberger Straße. Dort durfte man fast alles, nur nicht die Treppe am Eingang hochstolpern. Es gab die klare Regel vom Wirt: Wer stolpert, bekam nichts. Egal, ob man nüchtern oder besoffen war. Die Regel stand nicht in der Geschäftsordnung und war für Neulinge eine böse Falle. Die Treppe lag gleich hinter der Eingangstür und war schlecht beleuchtet. Beinahe jeder, der zum ersten Mal hier reinkam, stolperte zwangsläufig. Da der Tresen sich gleich oberhalb der Treppe befand, hatte der Wirt eine gute Übersicht und der, der gestolpert war, hatte Pech und durfte durstig wieder den Rückzug antreten. Der Wirt kannte kein Pardon.

Otto war meist nüchtern, wenn er die Kneipe betrat. Danach nicht mehr.

Nach zwei Freizeichen ging jemand ans Telefon. Eine herrische Stimme meldete sich. »Wer will was?«

Otto starrte erschrocken auf den Hörer. Dann sagte er vorsichtig: »Mein Name ist Otto. Ich hab die Nummer vom Arnold. Ich brauch einen Farbfernseher.«

Schweigen am anderen Ende der Leitung. Dann räusperte sich die männliche Stimme: »Vom Arnold. So, so.«

Wieder wurde geschwiegen. Dann, nach einer kleinen Weile: »Wo hat er dir die Nummer gegeben? Oderkahn oder Trümmerkutte?«

Die Frage machte Otto stutzig. Er überlegte kurz, ob es eine Fangfrage war, entschied sich dagegen und antwortete wahrheitsgemäß: »Im Oderkahn.«

»Aha, bist also auch einer von denen, die nie stolpern«, kam es einen kurzen Moment später doppeldeutig aus der Leitung. »Okay, wollt ich nur wissen. Mein Bruder Arnold ist manchmal etwas zu gutmütig und seine Kumpels von Trümmerkutte sind nicht unbedingt die Kundschaft für mich, wenn du verstehst, was ich meine. Arme versoffene Schweine. Alkis und Penner. Und kaum Kohle.« Die Stimme lachte. »Du verstehst den Witz?«

Otto verstand ihn nicht und schwieg.

»Na, die meisten dort sind doch Kohlenträger.«

»Aha«, machte Otto und rang sich einen Lacher ab.

»Okay, ich mach dir einen Sonderpreis. Weil du der Kumpel vom Arnold bist. 8000,-«

Otto schluckte. Damit hatte er nicht gerechnet. »Ich dachte eher an 7000,-.«

»Du willst doch einen Farbfernseher, oder?«

»Ja.«

»Na also. Du kannst einen aus unserer sozialistischen Produktion bekommen, aber dafür hättest du mich nicht anrufen müssen. Hättest einfach in den Laden spazieren können. Und du wärst schon mit 4000,- dabei gewesen. Also scheinst du etwas Besonderes zu wollen. Den Westfernseher, den Sanyo, stimmt's?«

Otto nickte.

»Hallo, bist du noch dran? Stimmt es?«

»Ja.«

»Na also. Ein kleiner Aufschlag als Aufwandsentschädigung muss schon sein.«

Otto schluckte und fragte sich, was dann ein großer Aufschlag wäre. Wenn man den Fernseher normal kaufen könnte, läge der bei 6750,- DDR Mark. Blöd nur, dass man ihn nicht so einfach zu kaufen bekam.

»Komm Dienstag während der Mittagspause zwischen 13.00 und 14.00 Uhr vorbei. Da ist unser Laden zu. Wo das Geschäft ist, weißt du?«

»Ja, gegenüber vom Pratergarten. Ich wohne in der Nähe. Gleich neben Fahrrad-Linke.«

»Na, dann brauchst du ja nur schräg über die Straße zu laufen. Würde aber an deiner Stelle trotzdem mit dem Auto kommen. Das Ding ist schwer und es muss auch nicht jeder sehen, was du durch die Gegend schleppst.«

»Mach ich.«

»Prima. Wir sehen uns. Ach so, und logischerweise keine Schecks. Nur Bares ist Wahres.«

Dann wurde aufgelegt.

Otto stand noch ein paar Sekunden in der Telefonzelle mit dem Hörer in der Hand, als ungeduldig an die

Tür geklopft wurde. Der Nächste, der ein Telefon benötigte. Es war ein alter Mann, der schon das Zwanzig-Pfennig-Stück in seiner knochigen Hand bereithielt.

Otto hängte den Hörer in die Gabel und beim Verlassen der Telefonzelle nickte er dem Mann zu. Eine automatische Geste, da er in Gedanken bei der Sparkasse war. Er musste morgen das Geld abholen.

Zwei Tage später fuhr Otto mit dem Wagen durch die Einfahrt neben dem RFT-Geschäft auf den Hof. Es war kurz nach 13.00 Uhr. Er stieg aus und klingelte an einer vergitterten Tür, an der ein kleines Pappschild im Fenster befestigt war. Nur für Lieferanten stand drauf. Einen kurzen Moment später wurde die Tür geöffnet. Ein Bursche von ca. 20 Jahren mit unzähligen Sommersprossen im Gesicht steckte den Kopf heraus.

»Ja?«

»Für mich steht ein Fernseher zur Abholung bereit.«

»Dein Name?«

»Otto, einfach nur Otto.«

Der Verkäufer musterte Otto interessiert und fragte sich: Was hatte der dicke Kerl für seinen Chef getan, dass der ihm den Sanyo Fernseher beiseitegestellt hatte? Sie hatten nur 10 Stück bekommen. Er hätte selber auch gern einen für seine Eltern gehabt. Die hatten genug Geld. Wie hatten sie ihm damit in den Ohren gelegen. Aber als der jüngste Mitarbeiter hatte er keine Chance gehabt. Beim nächsten Mal, vertröstete ihn sein Chef, der sich fünf Stück beiseitegestellt hatte, immer wieder.

»Hast du ein Auto?«

»Ja«, antwortete Otto und zeigte auf den hellbraunen Wartburg. Er schwitzte.

»Gut, ich sag dem Chef Bescheid. Warte hier.«

Wenig später erschien der Chef. Er trug einen blauen Kittel und Krümelreste im Mundwinkel. Die dicke Hornbrille saß schief auf der Nase.

»Du bist Otto?«

»Ja.«

»Das macht 6750,- Mark plus der vereinbarten Aufwandsentschädigung«, sagte der Filialleiter flüsternd. Otto verstand ihn kaum.

Otto dachte an sein geplündertes Sparbuch. 12 Monatsgehälter. Aber seine Freundin wünschte sich so sehr einen Farbfernseher und sie war es wert. Otto seufzte und reichte ihm den dicken Umschlag mit dem Geld.

»Hier sind die 8000,-«, sagte Otto leise.

Der Chef nahm den Umschlag und steckte ihn wortlos in die Kitteltasche.

»Willst du nicht nachzählen?«

»Ist nicht nötig. Menschenkenntnis.«

Aus der anderen Kitteltasche holte er einen Quittungsblock. Er zeigte auf die Quittung über 6750,- , hielt sie mit einem Kugelschreiber Otto hin.

»Hier unterschreiben«, forderte er Otto auf.

Otto unterschrieb. Dann riss der Chef die Quittung ab und gab sie Otto. Der Block mit der Kopie und der Kugelschreiber verschwanden wieder im blauen Kittel.

»Gut. Öffne schon mal deinen Kofferraum. Bin gleich zurück.«

Der Chef drehte sich um und verschwand hinter der Tür. Otto ging zu seinem Wagen und schloss den Kofferraum auf. Kurz danach wurde vom Chef und dem sommersprossigen Kerl ein großer Karton hineingehievt. Die Kofferklappe ging nicht mehr zu. Der Karton war zu groß. Aber das kurze Stück würde es schon gehen, dachte Otto.

»Na, dann viel Spaß damit. Bist ein Auserwählter«, sagte der Filialleiter.

Otto fragte sich, was er damit meinte. Sie reichten sich zum Abschied die Hände.

Als Ottos Freundin nach Hause kam, blieb sie fassungslos im Wohnzimmer stehen. Sie sah den neuen Fernseher an und war sprachlos vor Glück. Endlich konnte sie ihre Lieblingssendung »Ein Kessel Buntes« in Farbe sehen. Otto grinste über beide Backen. So hatte er seine Freundin noch nie gesehen. Auch er war glücklich.

Drei Monate später, an einem Sonntagnachmittag, stand Ottos Freundin dürr und dünnlippig in der Wohnzimmertür und sagte, ihren ganzen Mut zusammennehmend: »Otto, ich mach Schluss. Ich hab einen anderen.« Sie sah ihn dabei trotzig an. Die Unterlippe leicht vorgeschoben. Hinter ihr standen ihre zwei Brüder mit finsterer Miene. Einen halben Kopf größer als sie, doch genauso dürr.

Otto sah sie an. Er fragte sich, ob sie die beiden für den moralischen Beistand oder als Schutz mitgebracht hatte? Einer schmächtiger als der andere. Er schüttelte den Kopf. Als ob er seiner Kleinen wehtun könnte. Den dritten Mann, der im Wohnungsflur stand, hatte Otto noch nicht bemerkt.

»Otto, und den Fernseher nehm ich mit«, setzte sie mit fester Stimme nach.

Ottos Augen flackerten. Das geht zu weit, fand er. »Deswegen deine Brüder«, stellte er fest. »Glaubst du, die Hänflinge kriegen den geschleppt?«

Er beugte sich leicht nach vorn und bemerkte die hintere Gestalt. Alle drei standen abwartend hinter ihr an der Tür, trauten der Sache irgendwie nicht, warteten seine Reaktion ab. Otto sah sie nur wortlos an.

»Und der Kleine, der sich hinter dir und deinen Brüdern versteckt, ist wohl dein Neuer? Ein bisschen picklig im Gesicht. Ist der nicht zu jung für dich? Und wie ein Kraftpaket sieht der ja auch nicht gerade aus.« Sie maßen sich mit Blicken. »Will er bei dir die aktuelle Kamera in Farbe sehen?«

»Mag sein«, erwiderte sie nach einer kurzen Pause schnippisch. »Dafür säuft er nicht und er ist eine Granate im Bett.«

Ottos Gesicht lief rot an. Schweigend stellte er sein Bier beiseite, stand auf und packte den Fernseher. Es lief gerade die Wiederholung einer Show von Samstagabend. Ohne ihn auszuschalten, hob er den Fernseher aus der Schrankwand und marschierte mit dem 20 Kilo schweren Gerät in Richtung Fenster. Seine Freundin sah ihn erschrocken an. Otto kam nur einen Meter weit. Er hatte das Kabel nicht abgezogen. Er zerrte kräftig daran und riss es samt Steckdose aus der Wand. Am Fenster angekommen nahm er Schwung und schmiss das Gerät durch das ungeöffnete Fenster auf die Straße. Von dem hölzernen Fensterrahmen bleib nicht viel übrig. Von der Scheibe gar nichts. Alles landete zusammen mit dem Fernseher krachend auf der Straße. Von dort hörte man ein lautes Fluchen, das in Gezeter überging. Otto wohnte im dritten Stock.

Er setzte sich wieder in den Sessel und sagte seelenruhig zu ihr: »Den Fernseher hab ich dir schon runtergebracht, noch irgendetwas, was du mitnehmen wolltest?«

Sie sah ihn entsetzt an. Ihre beiden Brüder und der unbekannte Dritte hatten sich leise davongestohlen. Sollte doch ihre bescheuerte Schwester und Geliebte das alleine ausbaden, dachten sie. Der tickte doch nicht richtig.

Als sie merkte, dass sie alleine war, drehte sie sich wütend um und lief den anderen hinterher. Er hörte sie die Treppe hinunterstöckeln. Sie hatte die Wohnungstür offen stehen lassen. Er saß noch eine Weile in seinem Sessel, wusste, die Volkspolizei würde nicht lange auf sich warten lassen. Dann stand er auf, öffnete sich ein neues Bier und fragte sich, ob er noch den kleinen Zettel mit Arnolds Telefonnummer hatte.

Willi

Es war Sonntag. Und es war Mittag. Die Stadt lag in Lethargie. Es gab nichts, was man bei diesen Temperaturen machen konnte. Jede Bewegung kostete Kraft. Die Luft hing staubig und drückend in den Straßen. Sie flirrte. Die Altbauten im Prenzlauer Berg mit ihren rissigen Fassaden heizten sich seit Tagen auf und wirkten im grellen Mittagslicht trostloser denn je. Das Laub der Bäume, die vereinzelt die Straßen säumten, hing kraftlos herab. Plötzlich zerriss das Geräusch eines startenden Motorrads mehrfach die kraftlose Stille. Das Geknatter brach sich laut hallend Bahn. Dann erstarb es so abrupt, wie es gekommen war. Der Verursacher war schnell ausgemacht. In der Jablonskistraße gab es nur einen, der so etwas fertig brachte: Willi.

Er hatte was von einem Cowboy. Eine Mixtur aus proletarischem Charme, sehnigen Muskeln, sonnengebräuntem Gesicht und einem festen, kantigen Kinn, das ohne weiteres ein paar kräftige Faustschläge wegsteckte. Er sah von dem Motorrad auf, an dem er gerade herumbastelte. Seine braunen Augen musterten den blonden schlaksigen Kerl, der die Hände in den Hosentaschen vergraben, langsam auf ihn zu schlenderte. Die Hitze drückte Willi den Schweiß aus den Poren. Er wischte sich mit dem ölverschmierten Lappen über das Gesicht. Neben ihm stand ein Sonett-Kassettenrekorder. Aus dem Plastiklautsprecher quälte sich ein Song von Creedence Clearwater Revival: »Proud Mary«. In Willis Mundwinkel klemmte eine qualmende Zigarette. Die Augen zusammenkneifend, schaute er kurz nach oben gegen die Sonne und erkannte die Gestalt im Gegenlicht.

»Hi, Hank. Was treibt dich hierher?«, begrüßte er ihn, während er wieder den Motor startete.

»Zoff, musste an die frische Luft«, antwortete Koslowski

Hank war seit ein paar Monaten sein Spitzname. Irgendjemand hatte ihm mal ein Buch von Charles »Hank« Bukowski zugesteckt. Das hatte er seitdem immer bei sich, wenn er nicht darin las, steckte es in seiner Jacken- oder Gesäßtasche. Solch Enthusiasmus wurde eben belohnt.

»Frische Luft?«

Willi stieß erst einen rollenden Lacher aus. Sah ihn dann aber mitfühlend an und rief: »Zoff? Weiber!«

So war Willi. Er brauchte immer nur zwei Worte, um die Welt zu erklären. Er nahm noch einen kräftigen Zug von der Zigarette, schnippte dann die Kippe weg. Ein kurzer abwartender Blick, doch Hank schwieg. Er wollte sich nicht weiter dazu äußern. Also hockte Willi sich wieder vor sein Motorrad und zog am Baudenzug. Der Motor, der vorher nur friedlich, aber laut vor sich hin getuckert hatte, heulte kurz auf und erstarb dann röchelnd.

Willi runzelte die Stirn, wischte sich die ölverschmierten Hände an seinem verschwitzten Shirt ab.

»Willst'n Bier?«

Ohne eine Antwort abzuwarten, langte er hinter sich und polkte zwei Flaschen Arbeiterpils aus einem Seesack, der an der Hauswand lehnte. Willi war der irrigen Ansicht, der dortige Schatten sorge für Kühle. Das Arbeiterpils, wie Willi das Berliner Pilsner mit dem einfachen Etikett immer nannte, kam aus derselben Fabrik an der Indira-Gandhi-Straße, wie das Berliner Edel Pilsner für die Delikat-Läden. Nur war es um die Hälfte billiger. Ob es auch anders schmeckte, wussten sie beide nicht. Sie hatten das Deli-Bier noch nie probiert. Mit seinen kräftigen Zähnen entfernte Willi die Kronkorken und reichte Hank eine offene Flasche herüber. Sie stießen an und nahmen einen großen Schluck. Das Bier war leidlich kalt, perlte aber angenehm den Hals herunter.

»Meine Alte macht auch immer Zoff.«

Hank glaubte zu wissen, was er meinte. Das waren also die beiden kleinsten gemeinsamen Nenner: Weiber und Zoff! Für Willi eine ganz einfache Geschichte: Man bekam das eine nicht ohne das andere.

»Kannst du dir das vorstellen? Ich soll Marilyn hier auf der Straße stehen lassen.«

Dabei strich er zärtlich über den Tank des Motorrads und sah Hank empört an. Der erwiderte den Blick etwas ratlos, weil er nicht verstand, wovon Willi eigentlich redete. Er hatte ja kapiert, dass Willi mit Marilyn sein Motorrad meinte und mit »meine Alte« seine Freundin. Aber wo war das Problem? Klar stellt man ein Motorrad auf der Straße ab, wo denn sonst?

Willi richtete seine Augen auf Hank. Er wirkte leicht verzweifelt.

»Ich meine, sie hat im Schlafzimmer nie gestört und die Ersatzteile hab ich dort auch schon weggeräumt. Was will sie denn noch?«

Hank sah verdattert drein und sagte, nachdem er die Information verdaut hatte, zögerlich: »Wie sie schon sagt: Ich vermute, die Maschine soll aus dem Schlafzimmer.«

»Ja toll, und die Ersatzteile sollen aus dem Küchenschrank«, erwiderte Willi und startete dabei wieder die Maschine, die mit energischem Knattern ansprang.

Willi und Hank nahmen wieder ein paar Schlucke aus ihren Flaschen.

»Betrachte es doch einfach praktisch. Du musst sie…«

»Marilyn. Sie heißt Marilyn«, unterbrach Willi sanft, aber nachdrücklich.

»Okay. Ist ja gut. Also, du musst Marilyn nicht mehr die zwei Etagen zu deiner Wohnung hochwuchten.«

Willi überlegte. Er kam zu einem anderen Schluss. Schüttelte den Kopf und sagte liebevoll, fast zärtlich: »Was für ein Prachtstück.«

Wobei er nicht seine Freundin meinte, wie Hank unschwer an dem versonnenen Blick erkennen konnte. Hank nickte zustimmend. Es fiel ihm leicht, er kannte Willis Freundin nicht.

»Ja, das ist sie.«

»Weißt du, was das für eine Maschine ist?«
Hank schüttelte den Kopf.
»Eine Jawa 350 Californian.«
Willi nahm wieder einen Schluck aus der Flasche.
Hank sagte: »Aha.«
»Man war die fertig, Alter. Der Tank und der Auspuff durchgerostet und total verbeult. Die Farbe kaum noch zu erkennen. Muss wohl rot gewesen sein. Sozialistisches Rot natürlich.« Willi kicherte. »Die Sitzbank sah aus, als ob einer da drauf gewichst hätte. Und ich meine nicht nur einmal.«

Er sah Hank bedeutungsvoll an. Irgendwie erinnerte Hank das an die Sommernächte in den gemeinsamen Ferienlagern, in denen sie als Jugendliche versucht hatten, sich gegenseitig mit sexuellen Abenteuern zu übertrumpfen, die sie nie erlebt hatten.

Willi stieß Hank mit dem Ellenbogen an und riss ihn damit aus seinen Gedanken.

»Nun mach schon, schau sie dir an.«

Er tat ihm den Gefallen und betrachtete Willis ganzen Stolz genauer. Der Rahmen und die Radgabel waren lackschwarz, auch der Tank. Der frisch verchromte Auspuff glänzte in der Sonne. Die Sitzbank war mit neuem Leder bezogen. Ein warmes Braun. Hank strich mit der Hand darüber.

»Büffelleder, hab ich bei einem Sattler anfertigen lassen. Du weißt ja, wie das läuft.«

Er sah ihn verschwörerisch an. Hank nickte.

»Und alles Originalteile. Nichts Nachgemachtes, na ja, bis auf die Sitzbank mit dem Leder. Hatte ganz schön zu tun, die Teile zu besorgen. Du weißt ja, wie das läuft«, wiederholte er.

Hank nickte wieder. Ja, er wusste, wie das lief. Eine Hand wäscht die andere. Alles war machbar, man musste nur die richtigen Leute kennen. Oder man kannte jemanden, der jemanden kennt. So wie es aussah, kannte Willi jede Menge von den »richtigen« Leuten. Hank wunderte es nicht. Willi war Autoschlosser.

Willi hob seine Bierflasche und prostete Hank wieder zu. Der nahm auch einen Schluck. Das Bier war schon etwas warm geworden. Sie schwiegen sich an, hingen ihren Gedanken nach und tranken dabei das Bier, das wärmer und schaler wurde. Hank holte eine verknitterte Salem Gelb Schachtel aus seiner Hemdtasche, nahm sich eine Zigarette heraus und hielt Willi die Schachtel hin. Der schüttelte den Kopf.

»Nee, lass mal. Ich kann diese filterlosen Dinger nicht ab. Ständig diese Tabakkrümel in der Gusche, das ist wie mit dem in der Tasse gebrühten Kaffee: Am Ende biste nur am spucken. Ich bevorzuge die.« Er zeigte auf die Schachtel »Alte Juwel«, die neben dem knatternden Motorrad lag, und griff danach. Fingerte sich eine Zigarette heraus und steckte sie in den Mund. Sein Feuerzeug machte zweimal klack und sie fingen an zu rauchen. Neben dem Geknatter der Maschine hörte man das Geplärre des Kassettenrekorders. CCR's »Bad Moon Rising« konnte Hank noch erahnen.

»Kannst du mir den Tank bemalen?«, fragte Willi plötzlich. »So mit Flammen und 'nem Totenkopf?«

Hank sah ihn ungläubig an, aber Willi meinte es ernst.

»Du kannst malen!«, sagte Willi bestimmt. »Und du wolltest doch immer ne Parkajacke? Ich kann dir eine besorgen«, versuchte er, es Hank schmackhaft zu machen.

Hank gab zu: Ein verlockender Gedanke. Während der ganzen Zeit tuckerte und knatterte der Motor der aufgebockten Jawa. Es war Musik in Willis Ohren. Im obersten Stock des vierstöckigen Mietshauses hatte jemand eine andere Meinung. Ein Fenster öffnete sich quietschend und ein runder Schädel erschien in der Fensteröffnung.

»Könnten Sie bitte das Motorrad ausstellen. Und wenn Sie schon dabei sind, auch diese Beatmusik« , rief der Mann.

Die hohe, brüchige Stimme passte überhaupt nicht zu dem runden, kahlen Kopf.

»Zieh den Kopf ein, Opa«, brüllte Willi, ohne nach oben zu schauen.

Hank hatte den Eindruck, man kannte sich.

»Ich ruf die Polizei«, rief der alte Mann mit quiekender Stimme und hochrotem Gesicht zurück.

»Mach das und ich nehm dir deine beschissenen Krücken weg. Wirst dann wegziehen müssen, Opa. In eine Wohnung im Parterre oder am besten gleich in ein Altersheim.«

Hank folgte dem Disput interessiert. Er machte den Eindruck eines festen sonntäglichen Rituals.

»Und den Hausflur haben Sie letzten Samstag auch nicht gereinigt, obwohl Sie laut Liste dran gewesen wären!«

Die gebrechliche, alte Stimme überschlug sich. Eigentlich wussten beide, es war ein verzweifelter Versuch. Scheinbar ein Appell an das Gemeinschaftsgefühl, aber eigentlich ein Ruf zur Ordnung. Aus Willis Sicht: Beides gleichermaßen sinnlos.

»Wird auch so bleiben«, rief Willi mit fester Stimme nach oben. »Oder seh ich aus wie ne verdammte Tussi, die gerne 'nen Bohnerbesen schwingt?«

Der Kopf des alten Mannes leuchtete knallrot.

Willi nahm einen Schluck aus der Flasche und brüllte wütender werdend: »Ha! Seh ich aus wie so eine blöde Tussi?«

»Das melde ich der Hausgemeinschaftsleitung«, kam es von oben zurück.

»Klar, mach das. Du blöder Wichser! Hab kein Problem damit. Wäre nicht der erste Eintrag ins Klassenbuch. Und jetzt zieh den Kopf ein, Opa. Ich habe zu arbeiten.«

Willi schnipste die Kippe in die Richtung des Alten. Scheppernd schloss sich das Fenster.

»So ein verdammter alter Wichser«, wiederholte Willi. »Kann einem ganz schön die Laune verhageln.«

Willi fluchte.

Hank sagte nichts. Er hatte auch nicht das Gefühl, dass Willi eine Bestätigung brauchte. Er warf seine Kippe auf die Straße. Das Bier war inzwischen lauwarm und schmeckte wie schale Pisse. Er verzog den Mund. Willi war härter im Nehmen und trank sein Bier in einem Zug aus.

»Ich mach los. Danke fürs Bier«, sagte Hank und stellte die fast leere Flasche auf den Bürgersteig ab.

Dann nickte er Willi zum Abschied zu und lief die Straße hinunter. Er wollte allein sein, noch mal den Zoff mit Moni durchspielen. Gedanklich sagen, was er hätte sagen sollen und wie immer nie gesagt hatte. Einfach weil ihm in solchen Momenten immer die passenden Worte fehlten. Er hätte sich auch eingestehen können, dass sie Recht gehabt hatte. Aber das wollte er nicht. Das war keine Option.

»Und das mit dem Bemalen überlegst du dir Hank, ja?«, riss ihn Willi aus den Gedanken.

Hank war schon 20 Meter gelaufen. Er hob den rechten Daumen, ohne sich umzudrehen. Einen kurzen Moment später jaulte Marilyn wieder auf.

Einige Tage später rückte um drei Uhr nachts die Feuerwehr in die Jablonskistraße ein. Willi hatte dem Wunsch seiner Freundin nachgegeben und das Motorrad das erste Mal nachts auf der Straße geparkt. Die Jawa stand in Flammen. Hanks Traum von einer Parkajacke löste sich in Luft auf. Wenig später wurde im vierten Stock des Mietshauses eine Wohnung frei.

Ein paar Jahre später traf Hank Willi wieder. Auf der Danziger Straße, wie die Dimitroffstraße jetzt hieß. Sie war inzwischen genauso Geschichte wie der Staat, in dem sie geboren wurden, und wie ihre Jobs. Hank trug eine Parkajacke. Gekauft vom Begrüßungsgeld in einem Armeeshop auf der Wilmersdorfer Straße. Willi hatte das ölverschmierte Shirt und die Jeansjacke inzwischen gegen Anzug und Schlips getauscht und sein schulterlanges Haar gegen einen adretten Kurzhaarschnitt.

»Mensch Willi, wie siehst du denn aus?«

»Business Alter, Business.«

Er sah Hank schief an und grinste.

»Na Hank, hast dein Traum wahr gemacht, wie ich sehe.«

Er zeigte auf die Parkajacke.

»Ja.«

»Bist du immer noch mit deiner Moni zusammen?«

»Ja. Immer mal wieder«, sagte Hank und lachte. Willi lachte zurück.

»Hat sich also nichts geändert.«

»Was das angeht, nicht. Und du? Noch mit deiner Kleinen zusammen?«

»Nee, kurz nachdem das mit Marilyn passiert war, hab ich Schluss gemacht. Es ging nicht mehr.«

Er sah Hank mit seinen braunen Augen melancholisch an.

»Marilyn hatte das nicht verdient.«

Hank nickte verstehend. Wobei er vermutete, dass wohl eher sie ihn verlassen hatte, um den ständigen Vorwürfen von Willi aus dem Weg zu gehen. Willi lachte wieder und schlug Hank kraftvoll auf die schmale Schulter. »Scheiß drauf. Es gibt Schlimmeres!«

Dann wurde sein Gesicht wieder ernst.

»Mal was anderes, könnt ihr nicht nen Staubsauger gebrauchen? Ich mach euch einen guten Preis.«

Hank schüttelte den Kopf.

»Nee, wir haben schon einen.«

»Aber der ist bestimmt nicht so gut, wie der, den ich euch anbieten kann. Ein Vorwerk.«

»Nee, lass mal. Wir brauchen keinen.«

Willi sah ihn traurig an. Dann gab er sich einen Ruck, lächelte. Mit dem Blick auf seine Armbanduhr sagte er: »Ich muss los. Man sieht sich.«

Er holte aus seiner Aktentasche einen Prospekt der Firma Vorwerk hervor, an den seine Visitenkarte geheftet war und drückte ihn Hank in die Hand. Dann drehte er sich wortlos um und lief los.

Hank sah ihm hinterher. Willi, mit Aktentasche und dem schlecht sitzenden Anzug. Es wirkte falsch, so falsch, wie etwas nur falsch wirken konnte. Und traurig.

Der Vatermörder

Es war Donnerstag und kurz nach 14.00 Uhr. Erfurt war zu dieser Zeit erträglich, die Stadt zeigte sich von ihrer besten Seite. Am Anger stand der Robur. Ein Bus von ehemals grüner Farbe. Er war in demselben Jahr gebaut worden, als die Russen in Prag einmarschierten. Das lag mittlerweile gut zwanzig Jahre zurück. Im Bus saßen sechs Leute und warteten, wie sie immer an irgendeinem Ort warteten. Warten auf das richtige Licht, auf den Kameramann, auf den Regisseur, und darauf, dass der Drehtag zu Ende ging. Jetzt warteten sie auf das Signal zur Abfahrt.

Ein Vogel wartete nicht, er schiss auf die Frontscheibe. Otto, der beleibte Kraftfahrer, fluchte lautstark. Der Bus roch nach Benzin, kaltem Zigarettenrauch und altem Leder. Für sein Alter schien er insgesamt gut in Schuss. Ein paar Roststellen hatte Otto kaschiert. Er hegte und pflegte seine Emma. Kein anderer durfte es sich hinter ihrem Lenkrad gemütlich machen. Otto war ein gutmütiger Kerl und gebaut wie ein Gewichtheber. Wenn er den Kopf zur Seite drehte, bewegte sich sein Oberkörper mit. Er hatte keinen Hals. Zumindest keinen sichtbaren. Nicht, dass er nur fett gewesen wäre, nein, es war auch eine Menge Muskelmasse dabei. Sie lauerte nur unsichtbar unter der Oberfläche. Otto war Montag früh misslaunig zur Arbeit erschienen. Seine Waschmaschine war am Sonntag kaputtgegangen. Während der Fahrt zum Drehort, sieben Stunden ratternd auf der Autobahn, schwieg er und überlegte, woher er kostengünstig eine neue bekommen konnte.

Und jetzt saß Otto auf seinem Fahrersitz und fluchte wegen der Vogelkacke auf der Frontscheibe. Die Dreharbeiten waren beendet. Mit dem Bus waren es ca. 7 Stunden bis Berlin. Der alte Robur schaffte nicht mehr als 70-80 Kilometer die Stunde. Der Regisseur, in seinem hellen Leinenanzug und dem Seidenschal, war schon am Morgen ohne einen Gruß mit dem eigenen Wagen, einem nagelneuen Wolga, aufgebrochen. Seinem Kameramann mit rotviolett geäderter Nase hatte er gnädig erlaubt, mit einzusteigen. Sie wollten rechtzeitig zu Hause sein.

Der Abbau dauerte zwei Stunden. Es war viel Licht nötig gewesen, um dem Kameramann seine Unsicherheit bei der Schärfeeinstellung zu nehmen. Die Aufnahmen gelangen schon bei den ersten Versuchen und somit waren die Dreharbeiten zwei Tage früher beendet als geplant.

Die Scheinwerfer und Kabel waren hinten und die Kameratechnik in Koffern in der Mitte des Busses verstaut. Brigitte Malinowski, die Aufnahmeleiterin, saß auf der Bank hinter Otto. Gekleidet wie ein zwölfjähriges Schulmädchen und mit zwei geflochtenen Zöpfen, die von zwei riesigen roten Schleifen gehalten wurden, war sie mehr als zwanzig Jahre über das Alter hinaus, in dem Männer sie niedlich fanden. Bevor sich der Bus langsam in Bewegung setzte, hielt sie eine kleine Ansprache: »Da wir zwei Tage eher fertig geworden sind, könnt ihr morgen und den Samstag zu Hause bleiben. Die Spesen und die Arbeitszeiten werden natürlich, wie geplant, bis einschließlich Samstag berechnet. Alles klar?«

Alle nickten. Ernst Klawunde, der Beleuchtungsmeister, saß mit einem seiner beiden Kollegen, Wolfgang Blaschke, der hinter vorgehaltener Hand »der Vatermörder« genannt wurde, auf der letzten Bank. Sie rauchten.

Der Vatermörder war zu seinem Namen gekommen, als er sich eines Tages von den Dreharbeiten verabschiedete, mit der Begründung, sein Vater wäre gestorben. Blöd nur, dass sein toter Vater am selben Tag anrief und den Sohn sprechen wollte. Der zweite Kollege von ihm, Detlef Meier, war ein untersetzter Kerl mit ölig schwarzem Haar und korrektem Scheitel und wie immer mit einem hellgrauen Anorak bekleidet, den er nun schon über zwanzig Jahre trug. Inzwischen hatte der zwei, drei sorgfältig gestopfte Löcher. Seit acht Jahren lief im Film-Studio die Wette, wie lange der Anorak noch sein Markenzeichen bleiben würde. Von den 25 Teilnehmern konnten sich noch vier berechtigte Hoffnungen auf den Jackpot machen. Detlef Meier war seit einem Jahr stolzer Vater einer kleinen, gesunden Tochter. Die Kollegen hatten ihn alle beglückwünscht und Stoffwindeln geschenkt. Was Detlef Meier etwas Sorge bereitete, war der dunkle Teint seiner Tochter. Doch die Kollegen konnten ihn beruhigen. Das sind nur Pigmentstörungen, die verwachsen sich wieder, lautete die einhellige Auskunft. Er saß jetzt auf dem Beifahrersitz neben Otto. Er kam gut mit Otto aus und Otto mit ihm. Otto fand Detlef lustig.

Brigitte Malinowski nickte Otto zu und gab mit klimpernden Wimpern das Kommando zur Abfahrt.

Otto tat ihr den Gefallen. Nach einer viertel Stunde Fahrt erreichten sie die Autobahn. Die Landschaft glitt träge vorbei. Das gleichmäßige Gerumpel auf der Autobahn wirkte für die einen einschläfernd, andere waren davon genervt und Detlef Meier kramte in seiner Vorratstasche, in der er die Verpflegung für die gesamte Drehzeit aufzubewahren pflegte. Nach einer Weile fand er, was er suchte: Eine hellblaue Dose mit der Aufschrift »Donnerstag«. Die Freitag- und Samstagdose wollte er sich für das Wochenende aufheben. Er bereitete die Mahlzeiten immer vorab zu Hause zu. Stullen, Buletten, kleine Schnitzel, hart gekochte Eier. Alles fein säuberlich in Plastedosen gepackt und mit dem passenden Wochentag beschriftet. Er wollte nicht auf das Mittag- und Abendessen im Hotel angewiesen sein. Es war ihm zu teuer. Er saß lieber allein in seinem Hotelzimmer. Er war eben ein sehr sparsamer Mensch und das Hotelfrühstück war gratis. Er war der Einzige, der es fertigbrachte, mit mehr Geld in der Brieftasche wieder nach Hause zu kommen, als er losgefahren war. Durch das eingesparte Spesengeld, immerhin sieben DDR Mark pro Tag, und dem Flaschenpfand, das er einstrich, weil die Kollegen zu faul waren, die leeren Bierflaschen abzugeben. Er selber trank keins.

Er öffnete die hellblaue Donnerstagdose und reichte sie zu Otto hinüber. Strenger Käsegeruch waberte durch den Bus. Otto sah kurz hin und deutete ein leichtes Kopfschütteln an, wobei sein ganzer Oberkörper die Bewegung leicht verzögert wiedergab. »Nee, lass mal. Die Stullen können bestimmt schon laufen. Und so wie das stinkt, der Camembert auch.«

Otto kurbelte das Seitenfenster runter, um frische Luft hereinzulassen. Sie hatten Glück, die Chemiestadt Leuna mit den Ulbricht-Werken lag hinter ihnen. Die Luft wäre nicht besser geworden. Detlef Meier zuckte nur mit der Schulter und biss herzhaft in die alte Stulle.

»Mach die scheiß Dose zu«, rief Wolfgang Blaschke von der hinteren Bank. »Es stinkt!«

Otto kicherte.

»Mach deinen Kopp zu Wolle, dann stinkt's weniger«, erwiderte Meier mit vollem Mund.

Die Malinowski hielt sich dezent die Nase zu und sagte nichts. Man konnte ihrem Gesicht die verzweifelte Frage ansehen, warum sie sich das immer wieder antat. Der alte Klawunde zwinkerte Koslowski, dem Kameraassistenten zu, der durch den Gestank aus seinem Buch gerissen aufblickte und reichte ihm eine von seinen filterlosen Zigaretten hin. Eine Karo. Koslowski nahm sie dankbar an. Ein Streichholz zischte. Mit den ersten Zügen wurde der penetrante Käsegestank überdeckt. Beide sahen sich erleichtert an. Währenddessen gab Wolfgang Blaschke keine Ruhe. »Du bist ein beschissener Geizknochen.«

»Ach ja, dafür kann ich mir ein Auto leisten. Davon wirst du noch jahrelang träumen.«

»Richtig, gibs ihm«, sagte Otto und kicherte.

»So so, Auto nennst du also deine hellblaue Pappe. Mit dem Wackeldackel, dem gestrickten Klopapierhalter und den Plasteblumen sieht das Ding eher aus wie ein missglückter Versuch von Wohnungseinrichtung.

Wohnst du in der Kiste auch?«

Otto sah herzhaft lachend zu Meier rüber. Seine Zahnlücke, wo der vordere Schneidezahn fehlte, wurde sichtbar. Und er sagte: »Lass dir das nicht gefallen. So hässlich ist deine Wohnung ja nun auch wieder nicht. Und sowieso, du hast ja gar keinen Dackel.«

Detlef Meier sah seinen Kumpel Otto finster an und erwiderte gnatzig nach hinten gerichtet: »Nee, ich wohne nicht in meinem Auto.«

Ottos Gesicht sah man die Enttäuschung ob der kurzen Antwort an. Er hatte sich mehr erhofft. Unbemerkt war Wolfgang Blaschke aufgestanden und nach vorn getreten. Während Meier wieder von seiner halben Stulle abbiss, die zweite Hälfte befand sich mit noch einer zweiten Stulle in der Büchse, riss Blaschke ihm die Plastebox aus der Hand und warf sie aus dem offenen Fenster. Meier verschluckte sich und bekam einen Hustenanfall. Wolfgang Blaschke drehte sich um und setzte sich grinsend auf seinen Platz. Der Rest des Teams wartete neugierig die Reaktion von Detlef Meier ab. Es dauerte ein bisschen, bis der wieder Luft bekam, dann schrie er: »Bist du total meschugge?« Dabei wedelte er mit der Hand vor seiner Stirn. Etwas ruhiger, aber bestimmt sagte er zu Otto: »Otto halt an.«

»Vergiss es«, kam es von Otto gleichmütig. »Wir sind hier auf der Autobahn. Da wird nicht einfach mal so angehalten.«

»Ahhh«, machte Meier und sein Gesicht lief rot an vor Wut. »Du scheiß Vatermörder«, brüllte er Wolfgang Blaschke an.

Stille!

Sie wurde nur unterbrochen vom lauten Motor des Roburs und dem gleichmäßigen Rumpeln der Räder auf der Autobahn. Blicke huschten hin und her. Ein Kichern wurde unterdrückt.

Dann platzte Blaschkes Antwort in die Stille hinein: »Na, das muss ich mir gerade von einem Negerficker sagen lassen!«

Alle hielten die Luft an. Detlef Meier wurde blass. Genüsslich fuhr der Vatermörder fort: »Hast du wirklich geglaubt, deine Tochter hat Pigmentstörungen? Wie bescheuert muss man denn da sein?«

Meier rang schwer nach Atem. Dann sagte er leise: »Das melde ich der Betriebsleitung. Und ihr seid Zeugen!« Dabei wies er drohend mit den Fingern auf das restliche Team.

Koslowski, räusperte sich und sagte: »Ähh sorry, ich hab nichts mitgekriegt. Hab gelesen.«

Zum Beweis hielt er das Taschenbuch hoch.

Klawunde schüttelte seinen grauen Kopf und sagte: »Und ich hab geschlafen.« Dabei grinste er und nahm einen letzten Zug der fast aufgerauchten Zigarette.

Detlef Meier sah zur Malinowski und dann zu Otto. Der Malinowski war klar, dass sie aus der Nummer nicht rauskam und nickte zaghaft. Otto brummte: »Na klar bezeuge ich das. Er hat Negerficker zu dir gesagt!« So genüsslich, wie er das sagte, passte es nicht so recht zu seinem scheinbar empörten Blick. Detlef Meier war trotzdem zufrieden.

Das Wochenende war vorbei. Am Montagvormittag kam es im Berliner Dok.Film-Studio zu einer betriebsamen Hektik. Erst tagte die Betriebsleitung, dann die Gewerkschaftsleitung und zum Schluss die Parteileitung. Für Kollegen, die in allen drei Gremien vertreten waren, ein harter Tag. Es war zu klären, wie es dazu kommen konnte, warum Detlef Meier, obwohl er zu diesem Zeitpunkt eigentlich in Erfurt sein sollte, am Freitag in der Kantine beim Mittagessen gesichtet werden konnte. Und dann war da noch der zweite Punkt. Der weitaus Schlimmere. Es wurden Beschlüsse gefasst, dann wieder verworfen, um sie geändert wieder neu zu verabschieden. Gegen 14.00 Uhr hatten die verschiedenen Gremien das Prozedere erfolgreich abgeschlossen. Man war zu einem tragfähigen Beschluss gekommen und hatte die Personalleitung mit dem weiteren Vorgehen beauftragt.

Zur selben Zeit saß Wolfgang Blaschke missmutig im Aufenthaltsraum der Beleuchter, weit ab vom Studio in der Brunnenstraße und starrte den PinUp Kalender an, der schon etliche Jahre auf den Buckel hatte. Das Maigirl schien der Liebling der Kollegen zu sein. Bis auf den rauchenden Ernst Klawunde waren alle anderen Kollegen mit ihren Drehteams unterwegs. Man hatte Wolfgang Blaschke mitgeteilt, dass er um 15.00 Uhr im Studio ein Gespräch bei der Gewerkschaftsleitung hätte. Also in ungefähr einer Stunde. Ihm war nicht klar, was ihm blühen würde. Das verunsicherte ihn. Er hatte ja schon eine Abmahnung wegen der blöden Geschichte mit seinem Vater. Er vermutete, Detlef Meier hatte keine Zeit verloren, um sich bei der Studioleitung über ihn zu beschweren. Auch war ihm das Gerücht zu Ohren gekommen, dass Detlef Meier am Freitag in der

Kantine aufgetaucht war, um an ein preiswertes Mittagessen zu kommen.

Klawunde klopfte Blaschke auf die Schulter, wobei Asche von seiner Zigarette fiel.

»Mach dir keinen Kopf. Das Schlimmste, was passieren kann, ist eine Abmahnung und dass du dich vielleicht bei dem Komiker entschuldigen musst. Du kannst nach dem Gespräch Feierabend machen. Musst nicht mehr herkommen.«

»Das wäre dann schon meine zweite Abmahnung. Und was ist mit der Spesen- und Stundenschummelei?« Blaschke klang besorgt.

»Nichts, sonst hätte ich ja auch ne Vorladung bekommen. Hab ich aber nicht. Dass der Meier am Freitag in der Kantine war, ist vielleicht keinem weiter aufgefallen. Wenn doch, muss die Malinowski vermutlich die Suppe alleine auslöffeln. Sie hatte ja das Sagen, hätte eben nicht so einen Vorschlag machen sollen, wenn der Meier mit dabei ist. War doch klar, dass der das nicht gebacken kriegt.«

»Dass der am Freitag ins Studio gegangen ist, war doch aber meine Schuld.«

»Glaubst du im Ernst, der hätte auf sein billiges Mittagessen verzichtet? Du kennst ihn doch. Er hatte Essenmarken. Der wäre so oder so am Freitag in der Kantine aufgetaucht. Alles, was billig ist oder er umsonst kriegen kann, nimmt der mit.«

Wolfgang Blaschke überlegte kurz und nickte dann.

»Wahrscheinlich hast du recht.«

»Natürlich habe ich recht. Vatermörder!« Klawunde lachte röchelnd und schlug ihm wieder heftig auf die Schulter.

Wolfgang Blaschke stand auf und reichte ihm die Hand. »Ich mach los und danke für den frühen Feierabend.«

»Kein Problem. Wir sehen uns morgen wieder.«

Am nächsten Morgen drängelte sich am Studioeingang eine Menschentraube in der Otto-Nuschke-Straße vor dem großen schwarzen Brett. Normalerweise werden dort Ankündigungen und Organisatorisches bekanntgegeben, was selten auf großes Interesse stieß. Diesmal war etwas anders. Gelächter und Gekicher waren zu hören. Dort, am schwarzen Brett hing ein DIN A4 Blatt, worauf für jeden gut lesbar in Großbuchstaben folgender Text stand:

Ich, Wolfgang Blaschke, entschuldige mich hiermit öffentlich bei Detlef Meier dafür, dass ich ihn einen Negerficker genannt habe !!!

MIT SOZIALISTISCHEM GRUß
Wolfgang Blaschke

Detlef Meier ließ sich an diesem Tag krankmelden. Eine schwere Erkältung, die länger dauern könnte, wie seine Schwester mitteilte. Von seiner Frau hörte man nichts.

Verhandlungen auf kaukasisch

Hans Guericke war nervös. Er schwitzte. Der Generaldirektor wollte ihn sprechen, persönlich. Er lief den langen Flur entlang. Am Ende angekommen, klopfte er an die schwere Holztür. Aus dem Inneren tönte dumpf eine herrische Frauenstimme: »Herein!« Sie gehörte der gefürchteten Chefsekretärin Annagret Moser. Dutt, schmale Lippen und kleine gemeine Augen. Hans Guericke hatte sie noch nie lächeln sehen. Er öffnete die Tür. Zögernd betrat er den Raum. Dürr und schmalschultrig saß sie hinter ihrem Schreibtisch und musterte ihn prüfend. Das letzte Bollwerk zu seiner Majestät, dem Generaldirektor. Sie gab ihm durch ein Kopfnicken zu verstehen, dort stehenzubleiben, wo er gerade war. Wie angewurzelt blieb er stehen. Um die Situation aufzulockern, setzte er sein spitzbübisches, charmantes Lächeln auf. Ein nutzloser Versuch. Es prallte an ihr ab. Sie stand auf, strich sich den grauen Rock glatt und öffnete die holzgetäfelte Tür hinter sich. Dann verschwand sie dahinter. Kurze Zeit später, Hans Guericke hatte sich inzwischen das Hirn zermartert, was der Generaldirektor wohl von ihm wollen könnte, öffnete sich die hintere Tür wieder. Annagret Moser erschien und bedeutete ihm, mit der Andeutung eines Lächelns, einzutreten. Das Lächeln verunsicherte ihn noch mehr. Zögernd betrat er den Raum. Bisher hatte er den Generaldirektor nur von weitem gesehen. Er war ein bulliger Mann mit Glatze, der aus der Ferne größer wirkte, als er in Wirklichkeit war, wie Hans Guericke feststellte. Der Generaldirektor stand auf und kam hinter seinem Schreibtisch hervor, ein Ungetüm aus dunklem Holz, und streckte ihm die Hand hin. Hans Guericke bemerkte, dass sie keinen Ehering trug. Seine schon. Allerdings nicht immer, bei bestimmten Gelegenheiten nahm er ihn ab. Der Händedruck war fest. Mit einer kurzen Geste deutete der Generaldirektor zur Sitzecke und sagte: »Schön, dass du es einrichten konntest, Hans.«

Hans Guericke sah den Generaldirektor an und wollte schon erwidern, dass er wohl kaum eine Wahl gehabt habe, als sich die Tür öffnete und die Sekretärin mit einem Tablett hereinspazierte. Sie stellte das Tablett ab und verteilte zwei Tassen, die Kaffeekanne, Zuckerdose, Milchkännchen und einen kleinen Teller mit selbstgebackenen Keksen auf dem Tisch. Das Service war aus Meißner Porzellan. Die Tassen standen auf zierlichen Untertassen. Geschickt schenkte sie den Kaffee ein. Kein Tropfen ging daneben. Marianne, seine Ehefrau, würde das nie so hinkriegen, dachte Hans und das, obwohl sie so pingelig und ordnungsliebend war. Kaffeeduft verbreitete sich im Raum. Hans stellte fest, das war kein Kantinenkaffee. Die Sekretärin warf noch einmal einen prüfenden Blick über den Tisch. Sie war zufrieden. Mit dem leeren Tablett in der Hand drehte sie sich um und verschwand aus dem Raum. Leise schloss sich die Tür hinter ihr. Hans war sicher, niemand, wirklich niemand, würde jetzt an ihr vorbeikommen, um den

Generaldirektor bei seiner Besprechung mit ihm zu stören. Sie setzten sich.

»Bedien dich«, sagte der Generaldirektor und zeigte zum Keksteller. Dann griff er sich eine der Tassen mit Untertasse, lehnte sich zurück und schlürfte von dem Kaffee. Dabei ließ er Hans Guericke nicht aus den Augen. Er stellte dessen Zögern fest.

»Es ist nicht der Kantinenkaffee. Also bedien dich.«

Hans Guericke griff sich die Tasse und ließ zwei Würfel Zucker hineinfallen. Vorsichtig rührte er um. Anschließend tat er es seinem Generaldirektor nach und lehnte sich mit der Kaffeetasse in der Hand zurück. Der Generaldirektor lächelte. Dann wurde er ernst und sagte: »Hans, wir haben ein Problem.«

Hans Guericke tat überrascht.

»Wir haben doch den Sowjets ein Walzwerk mit Walzstraße hingestellt. Irgendwo im Kaukasus.«

Hans Guericke nickte. Es war zwar nicht sein Bereich, aber er hatte davon gehört. Es war ein Geschäft, wofür die DDR mit Erdgas bezahlt wurde.

»Nun, die Walzstraße funktioniert nicht. Irgendetwas mit der Steuerung.«

»Und was haben wir damit zu tun? Ist das nicht die Aufgabe von Robotron? Die stellen doch die Steuereinheiten her.«

»Das interessiert unseren großen Bruder nicht. Sie haben bei uns bestellt und beschweren sich jetzt, weil es nicht funktioniert.« Er sah Hans Guericke ernst an.

»Ohne Walzwerk kein Erdgas. Und du weißt, was das bedeutet.«

Hans Guericke nickte stumm. Er wusste, was das heißt. Es würden Köpfe rollen. Einer davon wäre der des Generaldirektors. Und es wäre eine volkswirtschaftliche Katastrophe. Die Sowjets exportierten ihr Erdgas ohnehin schon lieber in den Westen für Devisen, als es an ihre Verbündeten, ihre Bruderstaaten, abzugeben. So ein Fiasko würde sie nur wieder bestätigen. Nur war ihm noch nicht klar, was der Generaldirektor von ihm wollte. »Und was soll ich da tun?«

Der Generaldirektor lächelte zufrieden. Er stellte die Tasse ab und sagte: »Hinfahren und noch mal drei Monate für uns aushandeln. Bis dahin will Robotron die Sache in den Griff bekommen.«

Hans Guericke sah den Generaldirektor verblüfft an. Mit diesem Vorschlag hatte er nicht gerechnet.

»Ich kann aber kaum russisch«, wandte er ein.

»Du bekommst eine Übersetzerin gestellt.«

»Warum ich?«

»Du hast schon einmal ein gewisses Verhandlungsgeschick an den Tag gelegt.« Der Generaldirektor sah ihn vielsagend an und Hans Guericke den Generaldirektor. Er war überrascht. Ihm war nicht klar gewesen, dass die Geschichte in Afrika dem Generaldirektor zu Ohren gekommen war. Letztendlich musste er jetzt einsehen, dass es wohl ganz schön naiv gewesen war. »Das war was anderes«, konterte er hilflos. Der Generaldirektor mus-

terte ihn und schwieg. »Ich trau mir das nicht zu. Sie
kennen doch die Russen.«

»Klar kenne ich die Russen. Aber ich weiß auch,
dass deine Tochter sich in Erfurt zum Studium bewor-
ben hat. Du sie aber lieber hier in Magdeburg hättest
und deswegen nicht ganz rechtmäßig Dinge in die Wege
geleitet hast, um ihr Studium in Erfurt platzen zu lassen.
Ich kann dir helfen, dass alles sauber und ohne großen
Wirbel über die Bühne geht. Sie wird dann hier in Magdeburg studieren. Versprochen.«

»Das ist Erpressung.«

Der Generaldirektor tat erstaunt. Dann verbesserte
er in einem Tonfall, wie ein Vater mit seinem uneinsich-
tigen Sohn spricht: »Falsch, das ist ein gegenseitiges Helfen. Du wirst die Sache schon hinbekommen.«

Hans Guericke stellte seine Kaffeetasse ab. Er hatte
kaum daraus getrunken. Er wusste, er hatte keine Wahl.

»Wie soll es vonstattengehen?«

»Meine Sekretärin gibt dir die Unterlagen. Flugti-
cket, Bahnkarte etc. Die Sowjets erwarten euch und
holen euch von der Bahn ab.«

»Euch?«

»Ja, die Dolmetscherin. Die stößt in Moskau zu
euch.« Er zögerte, fuhr dann fort: »Und Rainer Westermuth. Er kennt sich ein bisschen mit der Materie aus.«

Für Hans Guericke klang das sehr unbestimmt. Er
vermutete etwas anderes, behielt es aber für sich. Der
Generaldirektor wusste auch so, dass er es wusste. So
was nannte man wohl ein offenes Geheimnis.

»Wie ist der Zeitplan?«

»Du hast eine Woche. Ihr fliegt morgen mit der AEROFLOT nach Moskau. Dort habt ihr eine Übernachtung. Dann geht es mit dem Zug weiter. Der braucht zwei Tage dorthin. Dann einen Tag zum Verhandeln und dann wieder zurück.«

»Hört sich stressig an.«

Der Generaldirektor lachte. »Du schaffst das schon. Denk immer nur daran, was alles auf dem Spiel steht.« Hans nickte. Es war ihm nur zu gut bewusst. Die Volkswirtschaft der DDR, der Kopf seines Generaldirektors und der Studienplatz seiner Tochter. Hans senkte den Kopf. Er konnte die Last zentnerweise spüren. Er war in dem weichen Sitz zusammengesunken. Und der Generaldirektor lächelte.

Zwei Tage später saß Hans Guericke im Zug. Begleitet vom schweigsamen und undurchsichtigen Rainer Westermuth und der Dolmetscherin, einer grauen Maus mit pockennarbigem Gesicht und unbestimmtem Alter. Es bestand für Hans Guericke keine Notwendigkeit, seinen Ehering abzulegen. Anderthalb Tage Zugfahrt, mit anfangs stundenlangem Betrachten von vorbeiziehenden Birkenwäldchen, hatten sie Baku erreicht. Von dort ging es weiter in Richtung Tiflis nach Rustawi, ihrem Zielort, das dortige Walz- und Stahlwerk, als der Zug plötzlich mitten im Nirgendwo hielt. Es war schon dunkel. Ein Auto stand auf den Schienen. Davor eine weithin rot leuchtende, mobile Warnlampe. Eine Fahrzeugkolonne von drei Fahrzeugen fuhr vor. Der Schaffner stieg aus dem ersten Waggon und ging zu den Fahrzeugen. Es wurde kurz gesprochen. Neugierig sah Hans Guericke aus dem Fenster, wollte wissen, warum sie hier hielten, wo doch weit und breit kein Bahnhof in Sicht war. Das Einzige, was er wusste, sie waren mittlerweile in Georgien. Der Schaffner zeigte mit dem Finger auf ihn, der Fahrer des Wagens nickte. Erschrocken wich Hans Guericke zurück.

»Ich glaube, die halten wegen uns«, rief er in das Abteil.

Rainer Westermuth sah ihn ungläubig an. Die grauhaarige Dolmetscherin zuckte nur mit den Schultern, rückte die Hornbrille auf ihrer schmalen Nase zurecht und widmete sich wieder ihrem Buch. Dieser unvorhergesehene Aufenthalt war für sie scheinbar nicht ungewöhnlich. Wenig später klopfte es an ihrer Abteiltür. Sie wurde mit einem Ruck geöffnet. Die Waggonbetreuerin, die ihnen immer den Tee aus dem Samowar, der am Ende jedes Waggons stand, brachte, lugte mit ihrem runden Kopf herein. Ihr Gesichtsausdruck hatte sich gewandelt. Sie sah Hans Guericke neugierig an. Wusste immer noch nicht, wie sie ihn einordnen sollte. Die Unsicherheit schien sie verlegen zu machen. Sie versuchte es mit einem freundlichen, fast unterwürfigen Blick. Es wunderte ihn. Hatte er doch seit einem Tag keinen Tee mehr bekommen, weil er es gewagt hatte, mit kurzen Turnhosen das Abteil zu verlassen. Was für ein Affront! Der Anstand gebot etwas anderes. Doch woher sollte er das wissen. Natascha, so hieß die Gute, strafte ihn ab, indem sie ihm keinen Tee mehr brachte. Rainer Westermuth musste von da an immer für ihn bestellen. Da er selber keinen Tee trank, fiel es nicht auf.

Natascha sprach die Dolmetscherin an. Die hob stirnrunzelnd den Kopf. Sie hörte zu, nickte leicht mit dem Kopf und wandte sich dann an ihre beiden Begleiter. Im fließenden Deutsch sagte sie:

»Sie hatten recht, sie haben wegen uns gehalten. Der Bahnhof ist noch fünfzig Kilometer entfernt. Aber da wir in die andere Richtung müssen, hat man uns hier abgepasst. Also packen Sie ihre Sachen zusammen, wir steigen aus. Ich gehe inzwischen meine holen. Wir treffen uns draußen.«

Der Lada hatte die Gleise geräumt. Langsam fuhr der Zug an. Schwerfällig ratternd setzte er sich in Bewegung. Neugierig schauten die Fahrgäste aus dem Fenster. Hans Guericke war das unangenehm. Hilflos stand er da. Ein vierschrötiger Kerl mit Glatze und Schnauzbart griff seinen Koffer und schob Hans Guericke leicht in Richtung des neuen Wolgas. Er kam der Aufforderung nach. Die hintere Tür öffnete sich. Er stieg ein. Seine beiden Begleiter wurden zu dem anderen Wagen verwiesen. Woher die Sowjets wussten, dass er der Verhandlungsführer war, gab ihm Rätsel auf.

Der Beifahrer drehte sich nach hinten zu ihm um. Hans Guericke fragte sich, ob Schnauzbarttragen hier Pflicht war. Er betrachtete kurz das Gesicht des Fahrers im Rückspiegel und erkannte, scheinbar nicht. Der

Schnauzbärtige sagte etwas auf russisch zu ihm. Er sah ihn ratlos an. Der Georgier hob seine Hände und spreizte die Finger. Dreimal reckte er sie ihm entgegen und sagte dabei: »tridezjat minut.«

Jetzt verstand er. Dreißig Minuten, dann wären sie da. Wo immer das sein sollte. Die innere Anspannung legte sich nicht. Er lehnte sich zurück und sah aus dem Fenster.

Wie versprochen, erreichten sie nach einer halben Stunde Fahrt ihr Ziel, das kleine Örtchen Sadakhlo. Sie hielten vor einem großen Steinhaus. Es war das örtliche Klubhaus. Sie stiegen aus. Ihr Gepäck wurde ausgeladen. Am Eingang unter einer Laterne stand ein imposanter Mann. Er lächelte ihnen entgegen. Er rief den Fahrern etwas zu. Die griffen sich die Koffer und trugen sie ins Haus. Hans Guericke und seine Begleiter gingen auf den Mann zu. Der Mann war 1,90 groß, hatte kurze graue Haare und trug unter der Hakennase einen Schnauzbart, deren Enden leicht herabhingen. Er begrüßte sie mit einem festen Händedruck und sagte etwas. Hans sah die Dolmetscherin fragend an. Der große Georgier sprach einfach weiter. Die Dolmetscherin übersetzte simultan: »Die Gästezimmer hier im Klubhaus sind für uns bereitet. Es ist schon sehr spät. Sie sollten sich ausruhen. Frühstück gibt es morgen um 8 Uhr im Klubsaal. Danach werden Sie abgeholt.«

Kaum hatte Sie zu Ende gesprochen, verabschiedete er sich, nicht ohne einem der Fahrer die Anweisung zu geben ihnen ihre Zimmer zu zeigen.

Der nächste Tag verging Stunde um Stunde und nichts passierte. Zumindest nicht, weswegen sie eigentlich hierhergekommen waren. Sie hatten in dem großen Essensraum, der mit Fahnen und dem Porträt Breschnews geschmückt war, gefrühstückt und sind dann von einem Fahrer durch die Gegend gefahren worden. Später gab es im Klubhaus Mittagessen. Dort wurden sie wieder allein zurückgelassen. Hans Guericke hatte sich inzwischen damit abgefunden, dass hier alles irgendwie etwas anders lief. Er hatte nur noch nicht durchschaut, wie. Und die Dolmetscherin war dabei keine große Hilfe. Er war spazieren gegangen, hatte sich die Gärten und Holzhäuser angesehen und sich nachmittags für ein Stündchen aufs Ohr gelegt. Danach las er noch einmal die Berichte, als es an seine Zimmertür klopfte. Er stand auf und öffnete die Tür. Die Dolmetscherin stand vor der Tür und sagte: »Man erwartet uns unten.«

Ohne auf ihn zu warten, drehte sie sich um und verschwand. Er warf sich seine Jacke über und folgte ihr, hinter sich die Tür schließend.

Unten in der Halle angekommen, sah er schon Rainer Westermuth, die Dolmetscherin und den großen Georgier mit der Hakennase stehen. Der Georgier lächelt ihn an. Er sagte etwas zu ihm. Die Dolmetscherin übersetzte: »Sie haben sich unser Örtchen angesehen. Hat es Ihnen gefallen?«

»Ja, schöne Holzhäuser und prachtvolle Gärten. Es ist schön hier.«

Der Georgier hörte der Dolmetscherin zu, dann lächelte er zufrieden. Wieder sagte er etwas und die Dolmetscherin übersetzte erfreut. »Sein Name ist Berdan Kobiaschwili und heute Abend sind wir seine Gäste. In einer Stunde werden wir abgeholt. Er hat bis dahin noch was zu erledigen.«

Der Georgier musterte sie, nickte dann.

Hans Guericke wurde unwohl. Er sah ihn an und sagte: »Ich bin wegen einer bestimmten Sache hier, wann können wir darüber reden. Unser Zug geht heute Nacht.«

»Alles zu seiner Zeit«, übersetzte die Dolmetscherin die Antwort, nachdem sie dem Georgier Hans Guerickes Worte auf russisch wiedergegeben hatte.

Als sie abends an dem Haus des Vorsitzenden eintrafen, die Dolmetscherin hatte sich eine geblümte Bluse angezogen, wurden sie gleich hereingebeten. Hans Guericke und Rainer Westermuth wurden in die Wohnstube geleitet. Dort saßen nur Männer an einem reich gedeckten Tisch. Die Dolmetscherin musste in die Küche zu den anderen Frauen. Sie kam nicht dazu zu protestieren.

Hans Guericke sah sich verunsichert um. Man wies ihm den Platz rechts neben der Stirnseite zu. Rainer Westermuth wurde weiter unten an der Tafel platziert. Die Wohnstube war nicht sehr groß, erstaunlich, dass so viele Männer an der Tafel Platz gefunden hatten. Mit ihnen und dem noch fehlenden Vorsitzenden waren sie zu acht. An den Wänden hingen goldene Ikonenbilder, ein Kreuz und daneben das Porträt Joseph Stalins. Breschnew suchte er vergebens.

Der Vorsitzende, Berdan Kobiaschwili, betrat den Raum, alle Anwesenden erhoben sich, Hans Guericke und Rainer Westermuth auch. Kobiaschwili lächelte ihnen zu, ging an seinen Platz an der Stirnseite der Tafel und erhob sein mit Tschatscha gefülltes Glas. Alle am Tisch ebenfalls. Dann sagte er etwas, wobei er mit dem Glas auf Hans Guericke zu seiner Rechten wies. Die Männer antworteten im Chor, dann stürzten sie den Inhalt des Glases ihre Kehlen hinunter und setzten sich. Die deutschen Gäste machten es ihnen nach. Rainer Westermuth schüttelte sich. Hans Guericke verzog keine Miene. Als er sich setzte, sah er sich um. Die Männer unterhielten sich, lachten und griffen von den Tellern. Berdan Kobiaschwili musterte ihn.

»Suchen Sie die Dolmetscherin, Hans?«, fragte er in gebrochenem Deutsch. Hans Guericke blickte ihn erschrocken an. Das hatte ihm noch gefehlt. Alles, was sie gesagt hatten, hatte der große Kerl verstanden. Und seinen Namen kannte er auch. Die Gedanken rasten. Er überlegte, wann er was zu wem gesagt hatte. Erleichtert stellte er fest: Es gab nichts, was eine deutsch-sowjetische Krise hervorrufen würde.

»Ja«, antwortete er.

»Sie ist in der Küche bei den anderen Frauen.«

»Aber warum?«

»Sie gehört hier nicht her.«

Hans Guericke sah den Vorsitzenden fragend an.

»Ein Sprichwort bei uns sagt: Wenn Frauen so gut sind, warum hatte Gott dann keine?«

Der Georgier lachte heiser. Hans lächelte vorsichtig.

Berdan Kobiaschwili griff zur Glasflasche auf dem Tisch und goss ihm und sich selber ein. Dann rief er wieder etwas in die Runde, was Hans nicht verstand. Alle lachten, gossen sich ein. Hoben die Gläser und wieder stürzte der Hochprozentige ihre Kehlen hinunter. Rainer Westermuth fragte seinen Nachbarn: »Toilette?«

Der sah ihn fragend an, dann hellte sich sein Gesicht auf. Er wies mit der Hand um die Ecke. Rainer Westermuth stand auf, blickte sich um und stellte fest, alle waren beschäftigt. Unbemerkt nahm er eine der Glasflaschen vom Tisch und verließ den Raum. Wenig später setzte er sich wieder auf seinen Platz. Die Flasche stellte er neben sich auf den Dielenboden.

Mehrere Frauen brachten Schüsseln und große Teller mit neuen Speisen. Die Dolmetscherin war nicht dabei.

Der schnauzbärtige Vorsitzende sah ihn an. »Was du hier siehst, ist eine Supra und ich bin der Tamada, der Tischmeister. Ich bringe die Trinksprüche raus, ohne die wäre es kein georgisches Festmahl, sondern nur eine Ansammlung von Essen auf dem Tisch. Ich lenke das Geschehen am Tisch. Eine ehrenvolle Aufgabe«, erklärte er. »Nebenbei bin ich auch der Parteisekretär des Kartliner Gebietes und damit von der Stadt Rustawi und seinem Walzwerk mit der nicht funktionierenden Walzstraße.« Er sah Hans mit dunklen Augen tiefgründig an, dann lachte er. »Aber darüber reden wir später. Jetzt feiern wir erst mal die Freundschaft unserer Länder.«

Er goss wieder ihre beiden Gläser voll und hob seins hoch. Dann rief er etwas, was Hans Guericke wieder nicht verstand. Doch diesmal kannte er auch die Sprache nicht. Er vermutete georgisch. Die Georgier am Tisch wiederholten das Gesagte, danach gab es wieder freundliches Gelächter. Alle sahen zu Hans und hoben ihre gefüllten Gläser. Auch Rainer Westermuth. Man rief auf deutsch laut ein »Prost« und stürzte den Schnaps hinunter. Hans Guericke zuckte zusammen. Sie hatten es zu Ehren ihrer Gäste einstudiert. Der Vorsitzende blickte lächelnd in die Runde und strich sich zufrieden über den Schnauzbart. Plötzlich verfinsterte sich sein Blick. Er sprach kurz mit seinem Nachbarn auf der linken Seite. Der stand auf und ging zu Rainer Westermuth hinüber, nahm ihm das Glas aus der Hand und roch daran. Dann sah er zum Vorsitzenden und nickte bestätigend. Rainer Westermuth war blass geworden. Der Vorsitzende rief eine kurze Anweisung. Die beiden Nachbarn von Rainer Westermuth standen auf und zerrten ihm vom Stuhl. Sie geleiteten ihn unter dessen Protest hinaus. Er wollte, dass Hans Guericke ihm half. Der sah weg. Wenig später kamen die beiden Männer ohne Rainer Westermuth zurück. Ohne Worte legten sie dem Vorsitzenden einen Schlüssel auf den Tisch. Der nahm ihn und reichte ihn Hans Guericke.

»Wenn die Feier zu Ende ist, können Sie ihn aus der Kammer herauslassen.« Hans Guericke sah den Vorsitzenden fragend an.

»Er hat unsere Gastfreundschaft missachtet. Anstatt Tschatscha hat er sich heimlich Wasser eingeschenkt und gedacht, wir merken es nicht. Was für ein Idiot.« Jetzt verstand Hans Guericke die Aufregung und fragte sich, ob das seinen Auftrag gefährden würde. Wenn ja, hatte er aber wenigstens einen Schuldigen. Der Georgier sah ihm in die Augen. »Er war dein…« Er grübelte, suchte nach dem passenden Wort. »Er war dein Aufpasser, stimmt's?«

Hans Guericke zögerte mit der Antwort.

»Du musst nicht antworten, ich weiß es auch so. Er ist kein Verlust. Wir werden uns auch ohne ihn einig werden. Da bin ich mir sicher.« Er lachte.

Hans war sich das nicht. Mit dem Blick auf die Uhr hatte er eher das Gefühl, die Zeit rannte ihm davon. Und außerdem würde der Westermuth bestimmt einen Bericht schreiben. Er hatte nicht das Gefühl, dabei gut wegzukommen.

»Ich weiß nicht«, zweifelte er.»Und vermutlich wird er einen Bericht schreiben.«

»Vielleicht, vielleicht auch nicht. Keine Ahnung, wie er erklären will, dass er nicht auf die Freundschaft unserer Länder anstoßen wollte. Aber natürlich wird es einen Bericht geben. Wir müssen ja auch einen abgeben. Oder besser gesagt, unser Giorgi dort.« Er wies auf seinen linken Nachbarn. Der grinste. Hans fragte sich, kann der etwa auch deutsch?

Geschirr klapperte, Schüsseln wurden herumgereicht, jeder tat sich Essen auf. Hans Guericke auch. Ihm war schon leicht komisch. Er musste schleunigst was in den Magen bekommen.

»Was trinken wir hier?« Hans deutete auf sein inzwischen wieder volles Glas.

»Schmeckt er dir? Es ist Tschatscha, ein Brand aus Weintraubenresten. Davon haben wir hier viel. Wir sind ein Weinland.«

»Er scheint mir sehr stark zu sein.«

Der Vorsitzende lachte. »So soll er auch sein, ist Schwarzgebrannter.« Dabei sah er ihn belustigt an. »Wenn er dir zu stark ist, kannst du auch Araki haben, ein Obstbrand, oder du nimmst Wein. Du bist unser Gast!«

»Nein, alles gut so.« Er biss vom Fladenbrot ab und dann vom Schaschlik. Am Tischende rief jemand etwas zum Vorsitzenden, der nickte zustimmend. Der Rufer erhob sich mit dem Glas in der Hand und sprach laut einen Trinkspruch aus. Alle hoben ihren Gläser und tranken. Hans Guericke hatte das Gefühl, wenn es in dem Rhythmus weitergeht, lag er bald unter dem Tisch. Seltsamerweise war es ihm egal. Er kicherte. Der Vorsitzende lachte dröhnend und schlug ihm auf die Schulter. Hans verschluckte sich fast. Das Schaschlik kauend, fragte Hans Guericke: »Woher kannst du so gut deutsch?«

Der hakennasige Georgier strich über seinen Bart: »Hab vor zwanzig Jahren für ein Jahr in der DDR studiert.«

Hans sah ihn überrascht an. Er überlegte. »Und in diesem einen Jahr hast du so gut deutsch gelernt?«

Der Vorsitzende sah Hans prüfend an, dann verzog sich sein Gesicht zu einem Lächeln. »Nein, ich konnte schon früher ganz gut deutsch. Durch meinen Großvater.«

»Der war Deutscher?«

»Nein«, erwiderte der Vorsitzende lachend »Er war Georgier, ein stolzer Georgier.« Er schob sich eine Teigtasche in den Mund. Kauend sagte er: »Er war Deutschland dankbar für die Unabhängigkeit. Deutschland hatte es möglich gemacht. Sie haben als erste die Georgische Republik anerkannt. Die Unabhängigkeit dauerte allerdings nur drei Jahre. 1921 wurden wir dann von der Roten Armee besetzt. Und vorbei war es mit der Unabhängigkeit. Mein Vater kämpfte dann auf Seiten der Wehrmacht gegen die rote Armee.«

Hans Guericke sah ihn erschrocken an. Der Vorsitzende fuhr fort. »Er war in Kriegsgefangenschaft geraten und fand es scheinbar besser, auf Seiten der Deutschen zu kämpfen, als jämmerlich zu verrecken. Er hatte keine großen Sympathien für die Sowjetunion. Er war in erster Linie Georgier. Er ist 1944 gefallen. Meine Mutter haben sie abgeholt. Ich hab sie nie wieder gesehen. Ich bin dann bei meinem Großvater aufgewachsen. Ich war damals erst 2 Jahre.«

114

Hans kaute schweigend an seinem Fladenbrot und versuchte, seine Gedanken zu sortieren. Er wurde aus seinem Gastgeber nicht schlau.

»Und du durftest trotzdem studieren?«

»Wir sind hier weit weg von der Zentralmacht, haben unsere eigenen Regeln. Und die da oben haben gelernt, es zu akzeptieren. Als ich alt genug war, interessierte es keinen mehr, was mein Vater getan hatte. Er war ja auch nicht der Einzige gewesen. Man schätzt, mehr als 500000 Kaukasier haben aktiv auf Seiten der Deutschen gekämpft.«

»Kaukasier?«

»Georgier, Armenier, Aserbaidschaner, Tschetschenen.«

»Und jetzt?«

»Jetzt sind wir Brüder.«

Er haute Hans auf die Schulter und lachte dabei.

Eine Stunde und sechs Trinksprüche später sagte Hans: »Toll, mein Zug fährt gerade weg.«

»Hier bewegt sich nichts, wenn ich es nicht sage. Der Zug wartet auf dich. Egal, ob zwei oder drei Stunden. Russland ist groß und Zeit damit relativ.« Er lachte, seine Leute lachten mit. Der Grund, weswegen er die weite Reise überhaupt angetreten hatte, kam nicht zur Sprache. Eine weitere Stunde später fiel Hans vom Stuhl. Vorher hatte er noch Chaschi, eine starke Brühe aus Pansen und mit viel Knoblauch, gegessen. Gut gegen den Kater am nächsten Morgen, hatte sein neuer Freund Berdan Kobiaschwili gesagt.

Zwischendurch war Hans dann kurz mal eingenickt. Oder auch länger, er wusste es nicht genau. Jedenfalls wurde er durch lautes Lachen geweckt. Er sah in die Runde, verschwommene, lachende Gesichter. Er fühlte sich nicht gut. Als sich alle verabschiedet hatten, wurde er in den Wagen verfrachtet. Der Vorsitzende setzte sich zu ihm. Er sah Hans an und lächelte. »Deine Koffer und deine Begleitung sind schon im Zug. Keine Panik«

»Hab keine Panik«, lallte Hans. Allerdings war er sich da nicht wirklich sicher. Was war mit der Walzstraße?

Berdan Kobiaschwili lachte wieder. »Gut.«

Sie fuhren durch die Nacht. Mitten im Nirgendwo stand der Zug. Sie hievten Hans hinein. Irgendwer schimpfte. Ein anderer rief erleichtert »Na endlich.«

Das Letzte, was er sah, bevor er einschlief, war Rainer Westermuths böser Blick. Mit dem Gedanken: Du kannst mich mal kreuzweise, schlief Hans ein.

Als er am nächsten Morgen aufwachte, konnte er sich nicht mehr an viel erinnern. Wunderte sich nur, dass er von der Samowarbeauftragten, wie er Natascha auf der Hinfahrt genannt hatte, ein Glas Tee bekam. Mit selbstgebackenen Keksen. Die Mitreisenden sahen ihn mit einer Mischung aus Neugier und Respekt an. Wer war der Kerl, wegen dem der Zug mitten im Nirgendwo vier Stunden gehalten hatte? Vermutlich keiner, den man zum Feind haben wollte.

In Moskau verabschiedete sich die Übersetzerin von Rainer Westermuth. Hans Guericke ignorierte sie.

Als sie einen Tag später in Magdeburg ankamen, kam bei Hans auch das ungute Gefühl zurück. Rainer Westermuth hatte ihn genervt mit Fragen, hatte versucht, etwas herauszubekommen. Aber Hans konnte ihm die Fragen nicht beantworten. Er konnte sich nur noch an wenig erinnern. Und das wenige behielt er für sich. Rainer Westermuth hatte ihn misstrauisch angesehen. Glaubte ihm nicht. Auch das würde er in seinem Bericht vermerken. Und immer wieder fragte sich Hans Guericke: Hatte er mit Berdan Kobiaschwili über die Walzstraße gesprochen? Und wenn ja, mit welchem Ergebnis?

Am nächsten Morgen um acht Uhr betrat er das Werk. Gleich am Tor teilte ihm der Wachschutz mit, er werde erwartet.

Hans Guerickes mulmiges Gefühl verstärkte sich. Wegen Westermuth und seinem schlechten Erinnerungsvermögen. Dieses »werden erwartet« machte ihn nervös. Er fing an zu schwitzen. Es erinnerte ihn fatal an die beiden Maschinendreher, denen man auch mitgeteilt hatte, dass sie erwartet wurden, nachdem man festgestellt hatte, dass sie sich Unmengen von Kupferdraht um den Leib gewickelt hatten, um es aus dem Werk zu schmuggeln. Er überlegte ernsthaft, in Ohnmacht zu fallen. Bei einer Krankschreibung könnten die einem gar nichts. Aber es wäre nur aufgeschoben. Also ergab er sich seinem bitteren Schicksal.

Die Sekretärin empfing ihn freundlich. Sie blinzelte ihm sogar neckisch zu. Das verunsicherte ihn noch mehr.

»Sie können gleich zu ihm«, sagte sie und deutete auf die Tür hinter sich. Langsam tastete er sich vor, immer auf der Hut, noch ein bellendes »Was bilden Sie sich ein?« Zu vernehmen, oder eine andere Tretmine. Aber es kam nichts.

Er öffnete die Tür und lugte in den Raum. Der glatzköpfige Generaldirektor lächelte ihn von seinem Schreibtisch aus an und sprang auf. Er eilte auf Hans zu und ergriff dessen Hand. Hans hatte das Gefühl, sie würde ihm abgerissen.

»Hans, du hast es mal wieder geschafft. Glückwunsch.« Der Generaldirektor strahlte. Hans Guericke verstand nur Bahnhof.

»Die Sowjets haben den offiziellen Termin der Walzstraße auf einen späteren Termin verlegt. Ganze 4 Monate. Wie hast du das nur geschafft?« Der Generaldirektor sah Guericke fragend an. Der wusste keine Antwort.

»Na ja, musst du mir ja nicht verraten, deine kleinen Tricks. Sie scheinen jedenfalls gut zu funktionieren. Die Sowjets haben dich übrigens zur Eröffnung eingeladen. Ganz offiziell.«

»Und den Westermuth auch?«, fragte Hans.

»Nee.«,erwiderte der Generaldirektor. »Der Mann war eine totale Enttäuschung. Er ist jedenfalls überraschend versetzt worden. Es gab wohl ein paar Unstimmigkeiten in seinem Bericht.«

Hans Guericke sah seinen Chef überrascht an.

»Es muss wohl gravierend gewesen sein. Sonst wäre er nicht nach Plauen versetzt worden. Ich meinen Plauen. Der letzte Zipfel der DDR, da gibt's ein, zwei Betriebe und die Kasernen der Sowjets und der Grenztruppen. Sonst nichts.«

Hans Guericke nickte. Die Sekretärin brachte ein Tablett mit Kaffee und einem Teller mit Plätzchen herein.

»Setzt dich, Hans.« Der Generaldirektor deutete zu der Sitzecke. Die Sekretärin hatte das Büro verlassen. Sie setzten sich. Der Generalsekretär griff zur Kaffeekanne und goss die zwei Tassen halbvoll. Der Kaffee duftete. Hans wollte schon zugreifen, da legte der Generaldirektor die Hand auf seinen Arm. »Da fehlt noch was«, sagte er und holte eine Flasche »Racke Rauchzart« hinter der Polsterlehne hervor.

»Aus dem Intershop«, erklärte er und goss einen kräftigen Schluck in den Kaffee. Zwei Tassen Kaffee mit Schuss später wurde Hans mutig. »Genosse Generaldirektor, wie sieht es mit einer Gehaltserhöhung aus?«

»Schon geregelt.« Der Generaldirektor klopfte ihm jovial auf die Schulter. »Und auch das mit dem Studienplatz deiner Tochter.«

Hans lehnte sich zufrieden zurück. Der Generaldirektor schenkte wieder nach und sagte dabei leichthin:

»Wir haben übrigens ein kleines Problem in Angola. Aber das bekommst du bestimmt hin.«

Hans Guericke verschluckte sich. Auf einmal schmeckte ihm der Kaffee nicht mehr.

1990

Koslowski lief die Bernauer Straße hinunter, besser gesagt, er stapfte an der Westseite des ehemaligen Mauerstreifens die Straße entlang.

Es war kalt und der verharschte Schnee knirschte unter seinen Schritten. Die Hände hatte er tief in den Hosentaschen vergraben. Er war wütend auf sich und keinem konnte er die Schuld dafür geben. Warum hatte er nicht einfach die Klappe gehalten? Dabei hatte der Abend gut angefangen. Moni hatte alles für die kleine Silvesterparty vorbereitet. Er hatte geholfen. Was Moni zu einigen Bemerkungen veranlasste, wie: »Du sollst mir nicht helfen. Es ist nicht nur meine Party.« Oder: »Ach so, du hilfst mir«, wobei sie das *mir* in die Länge zog und nicht vergaß, dabei die Augenbrauen in die Höhe zu ziehen. »Mir würde es reichen, wenn du nur deinen Beitrag zu unserem Haushalt leistest.« Usw. usw.

Okay, da hatte sie recht.

Rolf und Babette waren gegen 22.00 Uhr gekommen. Es waren alte Freunde. Koslowski kannte sie schon, da war Babette noch mit Jochen zusammen. Und Ralf nur der Freund von Jochen. Rolf hatte ein Milchbubigesicht und schmale Schultern. Es sollte noch Jahre dauern, bis sich das änderte. Dann, vor einem halben Jahr, zog er bei Babette ein. Er war nicht mehr der Freund von Jochen. Koslowski hatte es erstaunt, fragte aber nicht weiter nach. Wo die Liebe hinfällt. Man redete, trank und war guter Stimmung. Kurz vor Mitternacht waren sie auf die Straße gegangen. Babette und Rolf mit ihrem mitgebrachten Feuerwerk und Moni und Koslowski mit ihren drei Kindern. Als sie kurz nach Mitternacht zurück in die warme Wohnung gingen, versuchte Kora, die jüngste Tochter von Koslowski, an Monis Curacaoglas zu kommen, um es auszutrinken.

»Na, das hätte mal mein Kind versuchen sollen. Dem hätte ich gleich mal ne Ansage gemacht«, sagte Rolf im ernsten Tonfall.

Koslowski schmunzelte. Er hielt es für einen Scherz. Rolfs Bubigesicht sagte etwas anderes. Das glatte Gesicht versuchte eine angemessene Ernsthaftigkeit an den Tag zu legen. Auf Koslowski wirkte es albern. Er unterdrückte den aufkommenden Lacher. Moni ignorierte Rolfs Tonfall und sagte scherzhaft: »Nun mach mal halblang. Es ist kaum noch was im Glas. Curacao mit Orangensaft. Viel Alkohol ist da sowieso nicht drin«.

»Darum geht es nicht.«

»Worum denn?« Monis Stimme wurde spitz.

»Ums Prinzip.«

Koslowski sah Rolf immer noch erstaunt an. Moni nicht. Ihr Blick war inzwischen der von der finsteren Sorte, ihre Stimme bekam ein gefährlich leises Zischen. »Ach so, du meinst die richtige Erziehung.«

»Genau.« Rolf wusste genau, was richtig und was falsch war.

Koslowski nickte mechanisch und nahm einen Schluck aus der Bierflasche. Er hatte nicht hingehört. Moni warf ihm einen giftigen Blick zu. Koslowski zog den Kopf ein und fing an, das Etikett der Bierflasche in seiner Hand höchst interessiert zu studieren.

Moni gab Kora das fast leere Curacaoglas und sagte: »Hier Schatz, kannst du austrinken.«

Kora strahlte.

Rolf und Babette gingen kurz nach 1.00 Uhr, händchenhaltend. Moni hatte den restlichen Abend nicht mehr viel gesagt. Koslowski war nicht wohl in seiner Haut. Und richtig, es dauerte nicht lange, nachdem die beiden weg waren, platzte es aus Moni heraus: »Warum hast du ihm Recht gegeben?«

Koslowski wusste nicht genau, was sie meinte und sagte unbestimmt: »Er ist mein Freund.«

»Kann ja sein. Aber er ist auch ein armseliger kleiner Spießer.«

Koslowski schwieg.

»Man muss nicht jemanden Recht geben, nur weil es der Freund ist«, fuhr Moni fort.

»Hab ich auch nicht gemacht.«

»Ach, bist du also auch der Meinung, dass die sogenannten Prinzipien über alles gehen?«

Koslowski erwiderte nichts. Er hätte sagen können, dass er das weder gemeint noch gesagt hatte, aber er ließ es bleiben.

Moni sah ihn böse an.

»Die beiden hatten wenigstens ein schönes Silvester. Haben sich kurz gezofft, um sich dann wieder zu vertragen. Und wir stehen hier und streiten uns.«

»Wir streiten uns nicht, du machst mir Vorwürfe«, sagte Koslowski leise.

»Ach, jetzt bin ich also wieder schuld?«

»Genau«, rief er wütend, griff seinen Mantel und verließ die Wohnung, nicht ohne mit der Tür zu knallen.

Jetzt war es 2.30 Uhr. Er war die Oderberger Straße hinunter zur Bernauer Straße gelaufen. Dort spazierte er an der seit zwei Jahren nutzlosen Berliner Mauer entlang in Richtung Brunnenstraße. Drei junge Männer gingen an ihm vorbei, er nahm von ihnen keine Notiz. Beschäftigte sich noch mit dem vorangegangenen Streit. Die typischen Gedanken, die einem dann im Kopf herumschwirren, was man hätte alles sagen sollen und was nicht. Die jungen Männer waren schon zwanzig Meter weitergegangen, als sie stehenblieben und der eine, ein Türke, plötzlich rief: »Wir sind bessere Deutsche als du!«

Koslowski blieb stehen, drehte sich um und sah sie mürrisch an. Die drei waren etwa 17-18 Jahre. Der eine Türke hatte kurze schwarze Haare, war untersetzt. Der andere war etwas größer, die Haare gegelt. Der blonde Lulatsch bei ihnen trug eine blau schimmernde Bomberjacke. Sollten sie doch, wenn es sie glücklich machte, dachte Koslowski. Doch er sagte es nicht. Für ihn gab es das Deutschland nicht. BRD und DDR, so hatte er es gelernt. So war er aufgewachsen. So war es sein ganzes bisheriges Leben gewesen. Für andere nicht. Für sie war Deutschland nur geteilt gewesen. Wie hatte ein alter Tscheche mal zu ihm gesagt: Leider nur in zwei Teile, das war noch viel zu wenig. Man hätte es 16 mal teilen sollen. Warum gerade 16 mal hatte er ihm nicht erklärt. Koslowski musste zugeben, er fühlte sich nicht als Deutscher. Er wusste nur, sein Land war weg, abhandengekommen. Eine Randnotiz der Geschichte. Er war darüber nicht traurig, aber es bedeutete auch nicht, dass er jetzt glücklich war, auf einmal ein Fremder im eigenen Land zu sein. Nun stand er hier an der Bernauer Straße, wütend wegen des unnötigen Streits mit seiner Frau und wurde von drei Typen vollgelabert, die sich für die besseren Deutschen hielten. Der stämmigere Türke griff zu einer Zaunlatte, die an der Mauer lag, die vor kurzem noch Ost und West trennte und jetzt als Müllhalde diente.

»Was wird das denn?«, fragte Koslowski laut. Er hatte beide Hände in der Hosentasche. Es war kalt. Er ballte die Rechte zur Faust und umschloss so fest das Schlüsselbund in der Hand.

»Wir waren vor euch da, ihr Scheißossis«, rief der Türke.

»Hab ich ja verstanden und was willst du jetzt von mir?« Koslowski sah sie fragend an. Sie standen abwartend da. Sie schienen noch nicht zu wissen, was sie wollten.

»Hört mal Jungs, das ist jetzt keine gute Idee. Ich hatte einen Scheißabend und jetzt eine verdammte Scheißlaune«, rief Koslowski.

»Was interessiert uns dein blöder Abend. Stimmt's Tolga?« Der Lulatsch sah erst kichernd seine Kumpel, dann Koslowski an. Falsche Reaktion, dachte sich Koslowski. Seine stille Wut hatte plötzlich ein Ventil und es wurde Zeit, sie rauszulassen. Es fühlte sich gut an. Langsam ging er auf die Drei zu, während er seine Brille absetzte und sie in die Jacke steckte. Der Blonde hörte auf zu kichern, als er sah, wie Koslowski die Brille abnahm und auf sie zuging. Er stieß seinen Kumpel verunsichert an. »Was hat der denn vor?«

Das werdet ihr gleich merken, dachte Koslowski. Er nahm die Hände aus den Taschen, die rechte immer noch um das Schlüsselbund geballt und fing an, auf sie zu zulaufen. Er wurde schneller. Die drei standen verunsichert da, wussten nicht, was es bedeuten sollte. Der Typ, der da auf sie zurannte, schien jedenfalls keine Angst zu haben. Obwohl sie zu dritt waren. Der mit der Latte in der Hand warf diese beherzt und mit voller Wucht Koslowski entgegen. Sie traf Koslowski schmerzhaft am Bauch. Dann drehte sich der Lattenwerfer um und rannte los, ergriff die Flucht. Sein etwas größerer Kumpel tat es ihm nach. Der blonde Schlaks war zu langsam. Koslowski erreichte ihn, riss ihn rücklings zu Boden und drosch ihm zweimal hart die rechte Faust ins Gesicht. Während er über der wimmernden und blutenden Gestalt stand, rief er den beiden wegrennenden Türken hinterher: »Wollt ihr eurem Kumpel nicht helfen?«

Die drehten sich aus sicherer Entfernung um und schüttelten die Fäuste. Eine leere Drohung. Koslowski sah zu der blutenden Gestalt hinunter, dann wieder zu den beiden Türken. Er rief: »Ihr seid also die besseren Deutschen? Was für ein Scheiß! Ihr seid einfach nur Flachzangen!«

25 Jahre nach der Silvesternacht fiel Koslowski wieder die Begegnung an der Bernauer Straße ein. Der türkische Präsident mobilisierte gerade seine in Deutschland lebenden Landsleute ihn zu wählen.

Und Koslowski fragte sich, ob die beiden halbstarken Türken, die sich für die besseren Deutschen gehalten hatten, jetzt immer noch die besseren Deutschen sein wollten?